ALEXANDRA BLÖCHL

WAS DAS MEER VERSPRICHT

ROMAN

dtv

MIX
Papier | Fördert gute Waldnutzung
FSC® C083411

Originalausgabe 2024

Gesetzt aus der Stempel Garamond
Satz: Fotosatz Amann, Memmingen
Druck und Bindung: CPI books GmbH, Leck
Printed in Germany · ISBN 978-3-423-28388-5

Für B.

»Stronger than lover's love is lover's hate.
Incurable, in each, the wounds they make.«

Euripides, *Medea*

ERSTER TEIL

Noch bevor ich das erste Mal mit Marie Quint sprach, wusste ich mehr über sie als über jede andere Person, die ich nicht kannte. Ich wusste, sie hatte das Haus der alten Ebba Hendriks gekauft, ich sah sie dort einziehen. Ich wusste, sie war allein auf die Insel gekommen. Ich wusste, sie trug selbst Anfang November offene Sandalen, wenn die Herbststürme an den Ziegeln der Dächer rüttelten und Wolken über die Felder wuschen wie Geister. In der graublauen Landschaft stachen ihre roten Schuhe heraus, als habe man sie nachkoloriert. Sie hinterließen ein flapsiges Geräusch beim Gehen, das mich jedes Mal aufblicken ließ, sobald sie den gepflasterten Weg entlanglief, der zum Haus führte.

Vom Küchenfenster aus genoss ich einen einwandfreien Blick darauf. Wenn man es genau nahm, bot die Aussicht vom Hof meiner Eltern keine wirkliche Alternative. Er lag in der Mitte der Insel, und obwohl sie so klein war, konnte man das Meer hier zwar riechen, nicht aber sehen. Stattdessen: rumpelige Weiden, windschiefe Gatter oder eben das halb verfallene Haus der Hendriks, das bei Weitem nicht den schönsten Anblick bot. Die Fassade

angeschlagen, der Zaun verschlissen, die Stufen zur Eingangstür voller Unkraut und Moos. Es schien beinah vermessen, dass Ebbas Familie es nach ihrem Tod überhaupt auf den Markt warf. Bei unzähligen Gelegenheiten hatte ich mich gefragt, wer wohl verrückt genug sein würde, das alte Ding zu kaufen. Die Wetten standen auf niemand, doch dann kam Marie.

Es geschah nicht oft, dass jemand von außerhalb sich hier niederließ, das Gegenteil war der Fall. Die Leute verstarben oder sie zogen fort, weil eine Insel, hoch im Norden und weit entfernt vom Festland, seinen Bewohnern kaum etwas bot, um sie zu halten. Wenig Arbeit, noch weniger Perspektive. Dafür jede Menge Wasser, schwarz wie die Tiefe, und Wind, der unablässige, ewige Begleiter. Man war dafür geboren, hier zu leben, oder man ließ es bleiben. Weshalb das Haus der Hendriks nicht das Einzige war, das leer und ungeliebt dastand, die Umgebung war gespickt davon.

Wir hatten uns an den Anblick gewöhnt, an verfallene Mauern und zugige Ruinen zwischen all dem Gras und all den Steinen. Sie waren Aufforderung an uns, die wir übrig waren, noch ein Stück härter zu arbeiten, um bleiben zu können. Nichts wollte ich mehr als das – bleiben. Für immer auf einem vermeintlich unwirtlichen Eiland, umgeben von rauen Wassermassen unter einem aufgewühlten Himmel.

Ich fragte mich, was eine wie Marie hier tat. Und wie lange es wohl dauern würde, bis sie wieder ging.

Sie hatte kaum Gepäck dabei. Einen Rollkoffer, der schwer an ihrem Handgelenk zog, und eine Umhängetasche, aus der die Flosse eines Meerjungfrauenschweifs ragte – dunkelblau und sperrig, mit grünen und türkisfarbenen Schuppen darauf. Das allein hätte mich beschäftigt, wären da nicht die Haare gewesen; Haare, lang, schwer, das Unpraktischste, das ich je gesehen hatte, und Silber, welches in unerhörtem Kontrast stand zu ihrem jungen Gesicht. Sie trug sie offen und sie reichten ihr beinah bis zur Hüfte. Ich hatte keinerlei Bedürfnis, sie zu berühren. Als ich es schließlich tat, waren sie längst nicht mehr das Einzige, das mich an Marie Quint faszinierte.

Marie war gekommen, und mit ihr hatten die Sichtungen von Meerjungfrauen dramatisch zugenommen. An einem Tag schnitt die türkisblaue Flosse durch das unbewegte Wasser des Hafenbeckens, an einem anderen blitzte der peitschende Fischschwanz zwischen den Wellen vorm Südstrand hervor. Klarte der Himmel auf, funkelte und glitzerte es unter der Oberfläche, doch das geschah selten, insbesondere jetzt, zu Beginn des Winters. Kaum eine Zeit, in der es mehr regnete. Kaum eine, in der die Sonne weniger oft schien. An den meisten dieser ersten Tage war das Wasser schwarz. Aufgepeitscht von reißenden Winden schlug es gegen die Felsen, als wollte es sie verschlingen.

Kein vernünftiger Mensch, sicher kein Bewohner von N., würde bei dieser Witterung freiwillig schwimmen. Doch Marie, sie trotzte mit entschlossenen Zügen all den Kräften, die ihr entgegenwirkten; hier, inmitten der See, irgendwo im Nirgendwo. Es hätte etwas Selbstzerstörerisches haben müssen, die Art, wie sie gegen das Wasser anfocht, doch so war es nicht. Marie glitt durch die Wellen, als sei sie ein Teil davon.

Ich hatte sie nicht in ihrem Kostüm gesehen, bis zu dem Vormittag, an dem wir die ersten Worte wechselten. *Du bist Vida, nicht?*, hatte sie mir entgegengerufen. *Würdest du mir eine Sekunde zur Hand gehen?* Wie paralysiert stand ich am Rand des Hafenbeckens, in dem Marie schwebte; blass, beinahe transparent, mit einem Meerjungfrauenschweif anstelle der Beine.

Ich war nie weg gewesen, hatte nie woanders gelebt. Meine Eltern, Eva und Reink Holt, führten das einzige Geschäft im Umkreis von sechsunddreißig Seemeilen, einen Laden mit der halben Grundfläche unseres Hauses, in dem man alles kaufen konnte, was man zum Leben brauchte: Vorratsdosen mit Bohnen, Tomaten, Pfirsichen, Säcke voll Mehl, Reis, Kartoffeln, Schachteln mit Nudeln, Haferflocken und Keksen. Es gab frisches Obst und Gemüse, das im Winter einmal, im Sommer zweimal die Woche mit der Fähre, wahlweise via Flugzeug, angeliefert wurde, zusammen mit Wurst und Käse und frischem Fleisch. Gefriertruhen säumten den Raum, damit niemand verhungerte, falls wieder einmal ein Unwetter jeden Fährverkehr unterwanderte, oder Wilm Nickel davon abhielt, mit dem Boot rauszufahren, um zu fischen.

Gegenüber vom Eingang befand sich der Tresen, an dem mein Vater die Post sortierte, daneben die Tür zur Küche, ein Stück weiter die, hinter der sich ein quadratischer Anbau verbarg. Es ließ sich kein Restaurant finden auf N., nicht mal eine Kneipe. Doch es gab das alte Haus der Holts, über dessen Eingang ein Schild knarzte, *Ladencafé*, und in dem

man etwas zu essen bekam, wenn man es darauf anlegte. Wenn man sich nicht daran störte, wo man aß – in einem zusammengezimmerten Schuppen, gefüllt mit zusammengewürfelten Plastiktischen, auf Stühlen, die über ausgetretenes Linoleum scharrten. Die Bezeichnung *Café* war in jedem Fall zu elegant für das, was es war.

Es war kein schöner Ort, es war ein praktischer. Man sah es in den Augen der Touristen, die im Frühjahr kamen und im Sommer, um durch Ferngläser auf Vögel zu starren. Sie betraten den Laden, folgten dem Geruch nach Eintopf oder Braten in den Gastraum, und blieben unschlüssig in der Tür stehen. War es wirklich eine gute Idee, hier etwas zu sich zu nehmen? Zwischen all den hässlichen Möbeln und den stoischen Mienen der Einheimischen? Mangels Alternative taten sie es dennoch, und mit der Zeit gewöhnten sie sich an den Anblick. Die Tische, die Stühle, die alten Gesichter. Das Essen, einfach, trotzdem gut. An ihren besseren Tagen stand meine Mutter am Herd, an allen anderen ich.

Es war ihre Idee gewesen, das mit dem Ladenlokal. *Wir haben die Lebensmittel, warum nicht das, was übrig ist, sinnvoll verwerten? Kochen tun wir sowieso.* Einige Jahre ist das jetzt her. Zander war damals noch hier, und meine Mutter ein ganzes Stück lebendiger.

Es ist wesentlich, eine Beschäftigung zu haben,

sagte mein Vater. *Unsere Familie kann sich glücklich schätzen.* Und das waren wir, nehme ich an. Glücklich. Auf diese bescheidene, vom Wind glatt geschmirgelte Weise, wie man es hier oben eben war.

Ich fragte mich, woher sie meinen Namen kannte, und dann wiederum nicht. Die Insel war klein, Nachbarinnen waren wir außerdem, und ich wusste ihren Namen schließlich auch. Marie. Marie Quint. Ich betrachtete sie, während ihr Meerjungfrauenschweif träge hin und her schlug. Eine Brise riffelte das ansonsten ausnahmsweise stille Wasser, und dann schwamm Marie auf mich zu, einen Meter tropfnasser Haare im Schlepptau. Sie streckte mir die Hand entgegen, die sich kalt und zerbrechlich anfühlte, und ich half ihr dabei, sich über die rostige Leiter nach oben zu ziehen. Sie hievte sich auf die Kaimauer. Ließ sich dort auf den Rücken sinken und zog mit beiden Händen an dem Kostüm, das unter ihren Bauchnabel gerutscht war, wo es offensichtlich nicht hingehörte. Ich war mir ziemlich sicher, dass ich nicht die Einzige war, die starrte. Ich konnte die Blicke der Leute, deren Häuser den Anleger säumten, in meinem Nacken spüren. Ich versteifte mich unter ihrem Fokus. Marie schien es nicht zu stören.

»Die Flosse«, sagte sie, »sie sitzt nicht richtig. Eben hatte ich kurz die Befürchtung, ich würde sie unterwegs verlieren.«

Ich hielt den Mund, weil ich ehrlich keine Ahnung hatte, was ich zu dem Thema beitragen sollte. Fasziniert war ich trotzdem. Dieser Fischschweif, er war eine Nummer für sich. Wie eine zweite Haut aus silbrig glänzenden Schuppen, mit fransigen, kleinen Flossen an beiden Seiten und dieser einen großen, in der Maries Füße steckten. Die Adern, die die Oberfläche durchzogen, wirkten so lebendig, beinah konnte ich sie pochen hören.

»Das ist beeindruckend. Sieht richtig echt aus.«

Marie lächelte. Sie setzte sich auf, und dort logierte sie nun, am Rand der Kaimauer, die Flossenspitze im Wasser, und blinzelte zu mir auf. Ich fragte mich, wo ihre Sachen waren. Um uns herum entdeckte ich nichts, keine Kleidung, keine roten Schuhe.

»Du wohnst nebenan«, stellte sie fest.

»Meinen Eltern gehört der Laden.«

»Ja. Ich weiß.«

Aus der Nähe schimmerten ihre silbernen Haare leicht violett. Ich brauchte einen Moment, um festzustellen, was darüber hinaus merkwürdig war an Marie, was mich starren ließ, während sie nach wie vor zu mir aufblickte, abwartend. Gänsehaut überzog ihre Arme, die See musste eisig sein, doch es schien ihr nichts auszumachen. Es perlte in schimmernden Tropfen darüber hinweg.

»Deine Augenbrauen.« Am Ende hatte ich es laut

gesagt. Ihre Brauen waren blau, eine Spur dunkler als ihre Augen, und nun lachte sie.

Ich verbrachte den restlichen Tag damit, die Begegnung mit Marie Quint Revue passieren zu lassen: Wie sie da baumelte am Rande des Hafenbeckens, die Arme nach hinten gestützt, die Augen schmal gegen das Licht, das sich in grellen Bündeln zwischen den düsteren Wolken hindurchschob. Mehr als alles andere ließ dieses Licht sie wie eine Fantasiegestalt erscheinen; ein Streich, den einem das Auge spielte, weil man zu lange auf ein und dieselbe Stelle gestarrt hatte. Der Eindruck verstärkte sich, als der Wind Fahrt aufnahm, er zog an den kinnlangen Fransen, die mir ins Gesicht fielen, wirbelte sie durcheinander, während Maries silbrige Mähne, feucht und schwer vom Wasser, sich keinen Millimeter zu bewegen schien. Sie saß da wie eine Statue, zeit- und makellos. Im Nachhinein, denke ich, war es genau diese Ruhe, die den Grundstein legte für meine zunehmende Nervosität. Die Gelassenheit, die Marie ausstrahlte, die Unerschütterlichkeit. Abgeklärt, erwachsener als ich, obwohl sie sicher ebenfalls noch keine dreißig war. Der Blick, weit und offen, schien er zu sagen: *Alles ist möglich.*

Wie richtig ich mit meiner Einschätzung gelegen hatte, würde ich später noch erfahren. Doch in

diesem allerersten Moment irritierender Unklarheit schreckte ich davor zurück.

Marie bemerkte es. Eine Weile bemühte sie sich, das Gespräch in Gang zu halten, aber je länger ich dort stand, je bewusster ich mir Maries Erscheinung machte, je mehr ich den seltsamen Gedanken nachspürte, die sie in mir hervorrief, desto weiter zog ich mich in mich selbst zurück.

Ich war noch nicht so weit. Ich war weit entfernt davon.

Als sich Marie zurück ins Wasser gleiten ließ, geschah das sanft und nahezu lautlos. Sie sagte: »Mal sehen, ob der Wind etwas von meinen Sachen übrig gelassen hat. Sie liegen am Südstrand.«

Es war ein ganzes Stück von hier bis zum Südstrand. »Ist das nicht ein bisschen zu weit? In dem eisigen Wasser?«

Maries Arme bewegten sich jetzt, sie zogen große, unaufgeregte Kreise, genauso träge wie ihr Meerjungfrauenschweif. Als wäre das Wasser nicht gerade mal dreizehn Grad kühl. Als habe sie alle Zeit der Welt, darin zu schaukeln, als wäre sie Teil der Wellen.

Wir starrten einander an, Aquamarie und das spröde Mädchen von der Insel.

»Du solltest es auch mal ausprobieren.«

»Was?«

»Ins kalte Wasser springen.«

»Warum sollte ich das machen?«

»Weil es einen durchrüttelt«, sagte Marie. »Es ist wie ein Schock fürs System, eine Welle der Aufregung, die über einem zusammenschlägt. *Boom.*« Sie grinste, und kleine Fältchen drückten sich in die Haut um ihren Mund. »Es schärft die Sinne. Und dann das glückselige Hoch, wenn man wieder auftaucht.«

»*Wenn* man wieder auftaucht.«

»Ihr schwimmt wohl nicht gern, hier oben im Norden?«

»Es ist nicht gerade die Côte d'Azur«, sagte ich, und als Marie lachte: »Und ungefährlich ist es auch nicht. Erst recht um diese Jahreszeit. Du hast die Strömung sicher schon gespürt. Das Wetter kann hier oben wechseln, von einer Sekunde zur anderen.«

Eine Weile lang erwiderte Marie nichts, schließlich jedoch sagte sie: »Vielleicht möchte ich nicht an die Côte d'Azur. Und vielleicht möchte ich es auch nicht leicht haben.«

Dann schwamm sie in Richtung Südstrand davon.

In dieser Nacht schlief ich bei Jannis. Seine Mutter hatte Fischeintopf gekocht und wieder mit der Hochzeit angefangen. *Alle fragen schon nach einem Termin,* sagte sie. Wann sie mit den Vorbereitungen beginnen dürfe. Ob ich von meinem Bruder gehört

hatte. Ich stocherte in dem Essen vor mir und beschloss, dass es auf meiner Hochzeit keinesfalls Fisch geben sollte, wobei ich mich gleichzeitig fragte, wie dies meiner künftigen Schwiegermutter beizubringen war. Es wurde viel Fisch gegessen bei den Nickels, was vor allem daran lag, dass der einzig verbliebene Fischer der Insel ein Cousin von Jannis Mutter war. Wilm fuhr mit dem Kutter raus, und Katleen räucherte, was immer er fing. Tonnen davon. Unüberschaubare Mengen. Der penetrante Rauchgeruch gehörte zum Haus wie die abgewetzten Polstermöbel und die knarzenden Dielen. Er hängte sich in Stoffen fest und an den glatten Oberflächen. Er haftete an Jannis. Tatsächlich übertünchte der beißende Duft von geräuchertem Schellfisch den der Schafe, der sich ansonsten an ihm festbiss. Ich nahm an, dass es sein Gutes hatte, dass ich an beides gewöhnt war, denn nach der Hochzeit, daran schien niemand zu zweifeln, würden wir zu dritt auf diesem Hof leben, Jannis, Katleen und ich.

»Alle fragen nach einem Datum«, sagte sie wieder, und Jannis erwiderte auf seine bewährte, stoische Art: »Sie werden schon Zeit dafür finden. Was sollten sie sonst vorhaben?«

So, wie er das sagte, klang es kein bisschen zynisch, es war eine Tatsache. Was sollten die Leute vorhaben, hier oben auf N., wo es zigmal mehr Schafe gab als Menschen, und Weideland, Sandstrände, Felsküste,

Steine. Ein paar Häuser, einen Hafen, sonst nichts. So eine Hochzeit sorgte immerhin dafür, dass irgendwann mal irgendetwas geschah, und vermutlich deshalb fragten alle danach. Und womöglich deshalb beobachteten alle Marie Quint, weil sie das Spannendste war, was die Menschen hier seit Langem zu sehen bekamen.

Ich war ein Inselgewächs, wie die anderen auch. Ich kannte jeden Kiesel, jedes Grasbüschel, jedes Tier. Ich wusste, was es bedeutete, in dieser Kargheit aufzuwachsen, wie es sich anfühlte, wenn es an manchen Tagen nicht hell werden wollte, wenn der Wind einen so kalt erwischte, dass er sich durch die Haut ins Innere fraß. Ich wusste, was es hieß, Steine zu schleppen, um eine Mauer zu stabilisieren, und danach den Zusammenhalt zu spüren, weil ein Dutzend Nachbarn gekommen war, um dir zu helfen. Es lässt sich vieles schönreden, im Nachhinein, wenn es kein Zurück mehr gibt. Aber ich weiß, es gab eine Zeit, in der ich keine meiner Entscheidungen hinterfragt habe, in der ich einfach nur ich selbst war.

»Zumindest der Pfarrer sollte Bescheid wissen«, sagte Katleen, und dann: »Hast du nun mit deinem Bruder gesprochen oder nicht?«

»Ja. Habe ich. Er muss noch Termine abgleichen. Vielleicht wird er im Mai freibekommen.«

»Vielleicht im Mai.« Katleen klang mürrisch. »Es ist noch ein halbes Jahr bis Mai.«

Jannis sagte: »Wir sind seit fünfzehn Jahren zusammen. Weshalb sollten wir es ausgerechnet jetzt eilig haben?«

Später, im Bett, zu Jannis' leisem Schnarchen, rechnete ich nach. Wären er und ich seit fünfzehn Jahren zusammen, wäre ich zwölf gewesen, er ein halbes Jahr älter. Ich fragte mich, ab wann er zählte, was für ihn den Ausschlag gegeben haben mochte für dieses offizielle *Zusammensein*. Die Tatsache, dass ich es nicht wusste, ließ mich für einen Augenblick die Stirn runzeln, doch so war unsere Beziehung eben. Beziehungsweise war sie so einiges nicht.

Die Erkenntnis, dass ich Jannis heiraten würde, rollte so langsam und gemächlich heran, wie das Wasser an windstillen Tagen gegen die Hafenmauer schlug. Sachte. Kontinuierlich. Beständig und unabwendbar.

Wir waren Freunde geworden, nachdem mein Bruder Zander aufs Festland gegangen war, wo die älteren Schüler ein Internat besuchten. Er ließ zwei Handvoll Grundschüler zurück, nur einen davon in meiner Jahrgangsstufe, und als wäre es eine Notwendigkeit, verbrachten Jannis und ich immer mehr Zeit miteinander. Wir saßen in der Schule zusammen und im Anschluss bei jeweils einem von uns in der Küche, um Hausaufgaben zu erledigen. Dann halfen wir seinem Vater bei den Schafen, meinen Eltern im Laden, seiner Mutter beim Krabbenpulen. Wir wanderten gemeinsam über die Insel, eroberten jedes Fleckchen Gras, spielten Spukschloss in der Ruine, turnten am Geländer des Leuchtturms herum.

Meine Eltern mochten Jannis, sogar mein Vater. Reink Holt, ein noch nicht sehr alter, reichlich zurückhaltender Mann, schien auf eine Art aufzuwachen, wenn Jannis beim Abendessen mit am Tisch saß, auf Zanders Platz, wenn er ungefiltert von sei-

nem Tag berichtete, Mutters Essen lobte, und später, beim Verabschieden, die Faust hob, um mit ihm einen komplizierten Abschiedsgruß zu zelebrieren, den er irgendwann einmal in irgendeiner Fernsehsendung aufgeschnappt hatte. Er war ein argloser Junge, der Jannis von damals, und ich weiß, er steckt da noch irgendwo in diesem Mann, verborgen hinter meterdicker Unerschütterlichkeit, unter der die Insel ihn begraben hatte.

Als er und ich später selbst das Internat besuchten, gingen wir gemeinsam, und er hielt meine Hand, während uns die Fähre immer weiter von zu Hause fortzog. Er fragte nicht, ob ich Angst hatte vor dem, was vor uns lag, er drückte einfach meine Finger.

Ob es das war, was er mit *Zusammensein* gemeint hatte? Dieses erste Händchenhalten mit zwölf?

Vielleicht war auch er derjenige gewesen, der Angst hatte. Vielleicht hielt er sich an mir fest, nicht umgekehrt. Wir haben nie darüber gesprochen. Wir wuchsen auf wie Geschwister, aber dann auch irgendwie nicht, wir waren schließlich keine. Wir waren Freunde, wir waren ein Liebespaar, und als wir beschlossen zu heiraten, war es ganz genau das: ein Beschluss.

Wir erzählten es unseren Eltern. Schon Jahre hatte ich meine Mutter nicht so glücklich gesehen.

EINE WEITERE WOCHE VERGING, in der ich kein Wort mit Marie Quint sprach, dafür aber umso mehr von ihr zu sehen bekam. Frühmorgens, wenn ich die Küche betrat, brannte hinter den Fenstern ihres Hauses bereits Licht. Während ich darauf wartete, dass das Teewasser kochte oder die Hefe ging, sah ich Marie dabei zu, wie sie von einem Zimmer ins andere lief und wieder zurück; es wirkte, als würde sie umräumen. Ich fragte mich, was. Nach dem Tod der alten Ebba hatte die Familie den größten Teil ihrer Möbel entsorgt, es konnte kaum etwas übrig sein. Und Marie war mit einem Koffer und einer Umhängetasche angereist, weiter nichts.

Die Leute redeten, natürlich taten sie das. Sie sprachen darüber, was eine so junge Frau so ganz allein hier oben verloren hatte, fernab der Zivilisation, in einem halb verfallenen Haus. Wo sie herkam, was sie hier tat. Ob sie sich für eine Meerjungfrau hielt, oder was es sonst auf sich haben konnte mit dieser waghalsigen Methode, sich bei Wind und Wellen ins Wasser zu werfen. Sie kamen in den Laden meiner Eltern, zogen die hässlichen Stühle von drinnen vors Haus, tranken Tee oder Bier oder nichts, und versuchten währenddessen, das Rätsel der Marie

Quint zu lösen. Was wollte sie hier? Was trieb sie den ganzen Tag?

Ich konnte es ihnen nicht verübeln, ich war ja selbst nicht in der Lage, wegzusehen. Marie Quint war mit Abstand das exotischste Wesen, das diese Insel je bewohnt hatte. Sie verströmte den Duft von Freiheit, wie Jannis' Mutter den von Makrelen; sie stand für Selbstbestimmung, Selbstverwirklichung und Mut.

Was tat sie hier, nur mit einem Koffer und einem Kostüm bewaffnet. Was?

Als hätte ich ihn herbeigedacht, rollte am späten Vormittag ein Umzugswagen den Schotterweg entlang, dicht gefolgt von dem Lieferwagen, der unsere Vorräte brachte. Es war Donnerstag, der Tag, an dem die Fähre anlegte, und es war windstill genug, dass sie es tat. Ich zog einen Auflauf aus dem Ofen, während mein Vater die Lieferung in Empfang nahm. Er rief nach mir. Und ich, mit einem letzten Blick aus dem Fenster, stellte fest, dass das Licht im Haus gegenüber erloschen und Marie nicht an die Tür gekommen war.

»Scheint, das Quint-Mädchen ist nicht da.« Mit einem Nicken deutete mein Vater zu den zwei Männern, die eben einen Schrank aus dem LKW luden. Sie wuchteten ihn von ihrem Wagen und ließen ihn dann mitten auf dem Weg stehen, um mit den restlichen Möbeln ebenso zu verfahren. Auf der Ladefläche drängten sich Regale, Kommoden, Stühle, eine Matratze, ein großer, klobiger Tisch, dazwischen Kisten und Kartons, ein einziges Durcheinander. Ich sah den beiden Männern dabei zu, wie sie Maries Einrichtung auf dem Weg zum Haus verteilten, während mir aufging, dass sie offenbar nicht nur einen kurzen Aufenthalt auf N. geplant hatte; dass sie vorhatte zu bleiben.

»Ich werde sie suchen«, sagte ich. Sie würde die Möbel allein hineintragen müssen, wenn sie den Arbeitern nicht aufsperrte. Ich war schon auf dem Weg zur Scheune, als ich meinen Vater etwas brummen hörte, es klang wie *Fischschwanz*.

Ich nahm das Quad. Es war eines der wenigen Relikte, die Zander uns hinterlassen hatte, bevor er gegangen war. So gründlich, wie Marie ihren Hausstand verpackt hatte, um sich auf N. niederzulassen, so effektiv war mein Bruder darin gewesen, all seine Sachen zusammenzusuchen, um so unwiederbringlich von hier zu verschwinden wie möglich. Seit mehr als zehn Jahren lebte er jetzt schon auf dem Festland. Er war nach dem Abitur gar nicht erst nach N. zurückgekehrt, hatte studiert, parallel eine Ausbildung in einem Versicherungsinstitut absolviert. Wenn man so wollte, war Zander Holt, drei Jahre älter und unter den gleichen Vorzeichen aufgewachsen wie ich selbst, das genaue Gegenteil von seiner Schwester. Arbeitete in einem Büro, statt in unserem Laden. Blickte auf einen Park, anstelle von Weiden, ging am Wochenende golfen und nicht an den Strand, um ausgebüxte Schafe vor sich herzutreiben.

Meine Eltern hatten hübsche Kinder, Zander war das hübschere von beiden. Er sah aus wie meine

Mutter: die dunklen Haare, die olivfarbene Haut, und er war wie sie, hatte das gleiche Temperament und dieselbe Fähigkeit, alle Aufmerksamkeit auf sich zu ziehen, sobald er einen Raum betrat. Als würde er von innen leuchten. Je mehr Licht er seiner Umgebung entzog, desto stärker strahlte Zander Holt.

Er hinterließ einen mächtigen Schatten, als er ging. Er tunkte uns alle in vorübergehende Düsternis, aus der wir nur allmählich wieder herausfanden, manche eher, manche schlechter, meiner Mutter war es nie ganz gelungen. Vielleicht, weil Zander ihr so ähnlich war, und womöglich war ihr mit seinem Fortgang auch ein Stück ihrer selbst verloren gegangen.

Es sah nicht danach aus, als würde er jemals zurückkehren. Seit mehr als zehn Jahren war Zander fort, und seine Besuche ließen sich an zwei Händen abzählen. Ich denke nicht, dass irgendjemand aus der Familie je verstanden hat, warum es so wichtig für ihn war, woanders zu leben, und das mit dem Verzeihen war so eine Sache. Meine Mutter blühte auf, wann immer er kam, mein Vater nicht so sehr. Es war seine Heimat, seine Insel, sein Erbe, das Zander da ablehnte. Und es war seine Frau, von der ein großer Teil abhandengekommen war, seit der Sohn beschlossen hatte, eigene Wege zu gehen.

Ich selbst war wie mein Vater. Blass, blond, robust. Ich hatte mich von der Beschränktheit der

Insel nie eingeengt gefühlt, im Gegenteil – ihre Grenzen gaben mir ein Gefühl von Sicherheit, ich fühlte mich immer nur beschützt. Zander musste das Gegenteil empfunden haben, und obwohl ich diese Gefühle niemals nachvollziehen konnte, hegte ich keinen Groll gegen ihn. Er war der einzige Bruder, den ich hatte. Und sein zurückgelassenes Quad das beste Gefährt, um auf den unbefestigten Straßen voranzukommen.

Ich hielt nach den Schuhen Ausschau, doch letztlich war es ein bläuliches Glitzern, das mir Maries Aufenthaltsort verriet. Sie hatte ihren Meerjungfrauenschwanz über einen Felsen drapiert. Daneben lag Ebbas altes Fahrrad, achtlos ins Gras geworfen. Marie musste es im Schuppen hinterm Haus gefunden haben.

Ich lenkte das Quad so nah an den Küstenstreifen wie möglich. Mir war nicht klar, was sie ausgerechnet hierhergeführt hatte – an dieser Stelle gab es keinen Strand, nur Felsküste, eine flache, scharfkantige Gezeitenzone, die sich harsch gegen Gischt und Wellen stemmte, nicht eben ideal zum Schwimmen. Ich hatte es eilig, sicher wollten die Umzugsleute nicht ewig auf uns warten, und dennoch ließ ich einige Sekunden verstreichen, bevor ich abstieg. Vielleicht ahnte ich, was mich erwarten würde, und womöglich erwog ich in diesem flüchtigen Moment des Zögerns, tatsächlich lieber nicht hinzusehen.

Die Flut hatte zwischen den rauen, düsteren Felsausläufern einen Naturpool geformt, und in dem stand Marie. Mit dem Rücken zu mir, den Blick aufs Meer gerichtet, lagen ihre Hände ruhig auf dem zum

Verweilen verdammten Wasser, das ihr nicht ganz bis zur Hüfte reichte. Ihre Haare waren das Einzige, das sich bewegte, sie tanzten über ihre Haut, berührten mit den Spitzen gerade so die Oberfläche des Teichs. Ich bin nicht sicher, was mir in diesem Augenblick durch den Kopf schoss. Ich stand da, ebenso reglos wie sie, und nahm das surreale Bild ihres nackten Körpers gegen das helle Grau des Mittagshimmels in mir auf. Die Diskrepanz zwischen ihrer vollkommenen Stille und dem Chaos von Wellen und Schaumkronen nur ein paar Meter weit von uns entfernt. Der Anblick war beunruhigend, in vielerlei Hinsicht, doch ich war wie gebannt; für die Spanne einer geringfügigen Ewigkeit war ich nicht in der Lage, woanders hinzusehen.

All das, was folgte, es begann nicht in diesem Augenblick. Es hatte längst angefangen. Das wurde mir klar, als sich Marie zu mir umdrehte und mich ansah, als hätte sie auf mich gewartet.

Ich nahm sie mit auf Zanders Quad – das Fahrrad würden wir später holen, erklärte ich ihr. Sie trug jetzt ein dünnes Wollkleid, flaschengrün, mit weiten Ärmeln, das viel zu kalt war für die Jahreszeit, erst recht für unser Fortbewegungsmittel. Sie hatte es über ihren nackten Körper geworfen, an dem es in einer einzigen fließenden Bewegung hinabgeglitten war. Ich hatte wegsehen wollen, als sie es anzog,

doch scheinbar war ich im Wegsehen genauso ungeübt wie im Gegenteil. Viele Dinge passierten zum ersten Mal, seit Marie Quint auf die Insel gekommen war.

Sie stieg seitlich auf das Quad und hielt sich umso spürbarer an mir fest. Die Hände, die meine Taille umschlangen, waren dekoriert mit dunkelblauen Fingernägeln. Sie krallten sich in ihr Meerjungfrauenkostüm, das sie nicht bereit gewesen war, zurückzulassen.

Als wir beim Haus ankamen, waren die Umzugsleute längst weg. Mein Vater warf einen Blick auf Marie und beschloss, dass sie es nicht allein schaffen würde, Möbel und Kartons, die auf Weg und Weide verstreut lagen, ins Haus zu tragen. Es war ihm anzusehen, wie unangenehm sie ihm war – die Vorstellung, dieser seltsamen, jungen Frau, die weder ihrem Erscheinen noch ihrem Benehmen nach zu uns passte, näher zu kommen als die fünfzig Meter, die ihres von unserem Haus trennte. Mein Vater war siebenundsechzig Jahre alt zu dieser Zeit, ein hochgewachsener, wettergegerbter Mann, der den Großteil seines Lebens damit verbracht hatte, gerade so über die Runden zu kommen. Mitten am Tag herumzustehen, anstatt zu arbeiten, in einem der Naturpools noch dazu, musste ihm so fremd vorkommen, wie außerirdisches Leben. Beinah lachte ich bei der

Vorstellung, wie es gewesen wäre, hätte er und nicht ich Marie gefunden. Beinah.

Stattdessen sagte ich: »Ich mache das. Mit den größeren Möbeln kann Jannis helfen.«

Die Erleichterung war meinem Vater anzusehen.

Meine Mutter war eine Zugezogene, genau wie Marie. Mein Vater aber war ein Inselkind, geboren, aufgewachsen, gegen alle Wetter großgezogen, ganz so wie sein Nachwuchs. Er war Anfang dreißig, als die Ferienfähre Eva Cordes an Land spuckte, abenteuerlustig, energiegeladen, zehn Jahre jünger. Die Legende besagt, er habe nicht mehr damit gerechnet, eine Frau zu finden, auch nicht danach gesucht, und die Wahrscheinlichkeit hätte ganz sicher dagegengehalten, dass es ausgerechnet meine Mutter sein würde. Und doch war sie es. Auf unerklärliche, magische Weise fanden zwei Gegensätze zueinander, wie Sonne und Wolken, wie Ebbe und Flut.

Ich bin nicht sicher, wann all das, was meine Mutter hier zu finden glaubte, aufhörte, genug zu sein. Aber ich weiß, dass sie sich nach der Stadt sehnte, insbesondere in den Wintermonaten, wenn die ohnehin wenigen Touristen sich auf den Heimweg machten und die Einsamkeit zu uns zurückschwappte, als habe sie nur eben Schwung geholt. An den Tagen, an denen Zander anrief und sie hinterher das Telefon anstarrte, als könnte es sie zu ihrem Sohn teleportieren. Bisweilen brauchte es nicht einmal einen Anlass. Meine Mutter zog sich lautlos

in sich selbst zurück, tagelang, eine Woche, manchmal mehr, und manchmal so lange, dass mein Vater und ich gezwungen waren, zu zweit zu funktionieren.

Es gab Momente seit Maries Ankunft, da ertappte ich meine Mutter dabei, wie sie sie betrachtete mit dieser Wehmut im Blick. Als erkenne sie sich in Marie wieder, in ihrer Jugend und Freiheit, in ihrer Ausgefallenheit. Eva Holt war weder das eine noch das andere, nicht mehr. Was blieb, war dieses eigenartige Gefühl, dass sie ihr Leben für uns geopfert hatte, und wir es ihr dankten, in dem wir sie allein hier zurückließen.

Nur, dass ich geblieben war. Nicht nur wegen ihr, auch und vor allem für meinen Vater. Er konnte unmöglich alles allein schaffen – die Arbeit im Laden, das Café, das Haus.

Ich tat, was ich konnte, und dennoch sah ich meine Mutter nie glücklicher als in dem Augenblick, in dem Jannis und ich ihr von unserer Verlobung erzählten. Es war, als sei die Entscheidung, auf N. zu bleiben, für sie die lang ersehnte Bestätigung, dass es richtig gewesen war, nicht fortzugehen. Ein Leben auf einem Stück Land zu verbringen, das man ohne Probleme zu Fuß umrunden konnte. Ein Leben zu führen, das es wert war, wiederholt zu werden.

WIR HATTEN DIE KISTEN ins Haus getragen, die kleineren Möbel, Stühle, Kommoden, sperriges Zeug wie Kleiderständer und Lampen. Nun standen wir in Ebbas Küche, die offenbar nicht ausgebaut worden war: in die Jahre gekommene Massiveiche, düster und schwer, für die ich mich schämte, obwohl ich nichts mit ihrem Einbau zu tun gehabt hatte.

»Ich werde sie abschleifen, Farbe ins Haus bringen«, sagte Marie, als habe sie meine Gedanken gehört. Sie sah nicht aus, als wäre ihr die Küche wichtig. Eher wirkte es so, als täte es ihr leid, dass mir die hässlichen Schränke peinlich waren.

Ich machte mir zu viele Gedanken. Hinterfragte jede Silbe, interpretierte jeden Blick. Mag sein, ich wusste mehr über Marie Quint als über jede andere Person, die ich nicht kannte. Das änderte nichts daran, dass ich sehr gern noch sehr viel mehr erfahren hätte.

Bis vor wenigen Tagen war mein Leben das gewesen, was es immer gewesen war: bequem und absehbar, ausgetreten wie ein alter Schuh. Die bevorstehende Hochzeit das Einzige, das einen Hauch

Aufregung mit sich brachte, und um ehrlich zu sein, hielt sich die Euphorie selbst darüber in Grenzen. Dann war Marie gekommen. Sie war kaum eingezogen, da geriet ich aus dem Tritt. Noch weit davon entfernt zu fallen, und dennoch. Der Gleichgewichtssinn war gestört, es machte sich durch leichten Schwindel bemerkbar. Maries Ankunft, ihre Anwesenheit, die Tatsache, dass sie nicht vorhatte, sofort wieder aus unserem Leben zu verschwinden, und dann diese Sache mit den Haarspitzen, die gerade so die Wasseroberfläche kitzelten. Es fühlte sich an, als habe der Wind Fahrt aufgenommen, als würde er ansetzen, um mich zu entwurzeln, und als wäre mir, nach all den Jahren der Wetterfestigkeit, mit einem Mal der Halt abhandengekommen. Ich denke nicht, dass ich bessere Worte finde für das, was Marie in mir auslöste, selbst zu dem Zeitpunkt, an dem mir noch gar nicht bewusst war, dass sie es tat.

Der Wind machte mir keine Angst, dafür kannte ich ihn zu gut. Er war wie ein alter Freund, der auf die Insel kam, um mir von der Welt da draußen zu erzählen. Es war die Ruhe im Inneren des Sturms, die mich nervös werden ließ. Ich hatte mir nie vorgestellt, wie diese spezielle Ruhe wohl aussehen würde, hatte nie ein Gesicht dazu. Doch nun sah ich es. Mit einem Mal sah ich dieses Gesicht vor mir, bis ins kleinste Detail.

Ich würde nicht behaupten, dass ich eine Frau war, die Freundschaften pflegte. Das lag womöglich an Jannis und daran, wie wir aufgewachsen waren. So eng, dass kaum etwas dazwischenpasste.

Bis ich sieben war, hatte ich oft mit einem Mädchen gespielt, sie war ein Jahr jünger als ich. Sophie. Rote Haare, grüne Augen, Pausbacken. Wir waren andauernd am Strand. Unsere Lippen waren ständig mit Salzkruste bedeckt. Gemeinsam saßen wir der Annahme auf, dass wir unsere im Sand zusammengeklaubten Muscheln zurück ins Leben rufen konnten, indem wir sie in ein Einweckglas steckten und mit Fischfutter bewarfen. Die Erwachsenen ließen uns in dem Irrglauben.

Nach etlichen unfruchtbaren Muschelwiederbelebungsversuchen zog Sophie mit ihren Eltern aufs Festland, wo sie das Haus einer Tante geerbt hatten. Von jetzt auf gleich brach der Kontakt ab, ich habe nie wieder etwas von Sophie gehört. Ich bin nicht einmal sicher, ob ich sie vermisste. Als kleine Schwester war mein zuverlässiger Ansprechpartner ohnehin immer mein großer Bruder gewesen. Bis auch er mich verließ. Dann hatte Jannis die Rolle übernommen.

Wenn man von außen darauf blickt, scheint es fast, als könnte ich mich immer nur auf eine Person konzentrieren. Das war mir bis zu diesem Zeitpunkt nie aufgefallen. Aber es ergibt Sinn, auf eine Weise.

Die Vida von damals war eine völlig normale Frau, wie jede andere auch. So zumindest sah ich mich selbst, und ich denke, Jannis hätte mir zugestimmt, meine Eltern ebenso. Ich war fleißig, sanftmütig, loyal. Ich war neugierig, aber nicht so wie meine Insel-Mitbewohner, die Marie anstarrten wie einen Dinosaurierfund, und nie ganz über ihre angeborene Skepsis einer Fremden gegenüber hinwegkamen. Ich war offen, hilfsbereit, vielleicht sogar ein kleines bisschen mutig. Obwohl, nein. Nein, das nehme ich zurück. Mein Bruder war mutig, immerhin war er gegangen. Es bedurfte keinerlei Waghalsigkeit, dort zu bleiben, wo man immer schon gewesen war. Wo man sich in Sicherheit wähnte und aufgehoben fühlte.

Die Vida von damals hinterfragte ihr Leben an keinem Tag. Die Vida von damals machte sich keinerlei Gedanken darüber, in welcher Geschwindigkeit Wasser auf Haut perlte, an welcher Stelle eine Taille ihre Kurve nahm, um ins Becken überzugehen.

Die Vida von damals ging davon aus, jede ihrer Entscheidungen aus freien Stücken getroffen und sich niemals selbst belogen zu haben.

Die Vida von damals ließ, ohne es zu wissen, keine Gelegenheit aus, sich selbst etwas vorzumachen.

So auch an jenem Nachmittag in dieser hässlichen Küche, in der ich entschied, dass Marie neu war und interessant und dass es womöglich schön wäre, zur Abwechslung eine Freundin zu haben. Eine, mit der man nicht nur Brotrezepte tauschte wie mit Anni, oder sich zur Einteilung für die Schafschur traf wie mit Grit. Marie lebte im Haus gegenüber, und vor meinem inneren Auge sah ich uns im Garten sitzen, an einem klapprigen Holztisch, in Schals gehüllt vor einer Tasse Tee, wie wir uns darüber unterhielten, was ... oder wie ...

Worüber unterhielten wir uns?

Ich warf Marie einen Blick zu. Sie war dabei, Töpfe und Pfannen in den Schrank neben dem Herd zu räumen, aus den Kartons, die ich ihr in die Küche trug. Und selbst hier, in diesem schäbigen, aus der Zeit gefallenen Raum, bei der Verrichtung alltäglicher, banaler Dinge, wirkte sie wie ein Feenwesen – barfuß, immer noch in diesem Hauch von Kleid, mit einem Turm aus silbrigen Haaren, um den nun ein Tuch gebunden war.

Im Wohnzimmer rückten wir ein Bücherregal an die hintere Wand und räumten es gemeinsam ein: Romane, Bildbände, ein paar Ordner – ein Foto-

album, das Marie mir überraschend brüsk entriss und in ihr Schlafzimmer trug. Es geschah so schnell, dass meine Hände in einer Art Bittstellerinnenpose verharrten, während ich ihr nachsah. Es war das erste Mal, dass ich den Eindruck gewann, sie würde etwas vor mir verbergen. Was in Ordnung war, wir kannten uns kaum. Und doch hatte Marie mir zu diesem Zeitpunkt schon mehr von sich gezeigt, als ich verarbeiten konnte. Als sie zurückkam, trug sie eine Schwere in den Raum, die sich dunkel und still über uns ausbreitete wie ein Sommernachtshimmel.

Ich schwieg. Mit Schweigen kannte ich mich aus, um ehrlich zu sein. Ich hatte es mir zuvor nie bewusst gemacht, doch es ergab einfach keinen Sinn, viel zu reden, wenn man auf einer Insel wie N. lebte. Die Zahl derer, denen man etwas erzählen konnte, war mehr als begrenzt, und die Übrigen hatten vermutlich ohnehin schon alles gehört. Es war schwer, ein Geheimnis zu bewahren. Man musste es sehr tief vergraben, damit es kein anderer fand.

»Ich könnte Jannis bitten, dein Vordach festzunageln«, schlug ich schließlich vor. »Jedes Mal, wenn ein bisschen Wind geht, mache ich mir Sorgen darüber, ob es meine Hühner am Ende den Kopf kosten könnte.«

Für eine Sekunde schien Marie verwirrt, dann lachte sie, ebenso plötzlich, wie sie zuvor verstummt

war, und überrascht lachte ich mit, obwohl ich diesen Vorschlag sehr, sehr ernst gemeint hatte. Es fühlte sich seltsam an. Wie eine andere Version von mir selbst. Und dann fragte Marie: »Wer ist Jannis?«, und ich stolperte über meine eigenen Gedanken.

»Jannis ist …« Ich brauchte zwei Anläufe. »Jannis ist mein Verlobter. Es ist noch relativ frisch. Wir haben uns erst vor ein paar Wochen dazu entschlossen.«

»Oh, Vida! Das ist fantastisch! Gratuliere!« Marie strahlte mich an. Endgültig war nichts mehr zu sehen von den schwarzen Schatten, die das Fotoalbum auf ihr Gesicht getuscht hatte, vergessen waren die Möbel, die Hühner, der Rest. Maries Augen leuchteten auf, kurz bevor sie mich in die Arme schloss und ich mich, überrumpelt und steif, von ihr drücken ließ.

»Eine Hochzeit, wie schön. Wie lange kennt ihr euch schon? Wie lange seid ihr zusammen?«

Was ist das mit den Menschen und Hochzeiten?, fragte ich mich. Wieso geriet jeder, der von einer bevorstehenden Trauung hörte, in unerklärliche Verzückung, selbst wenn er den anderen kaum kannte? An Jannis und meiner Beziehung war nichts Romantisches und unsere Heirat würde es ziemlich sicher auch nicht sein. »Schon immer«, erwiderte ich. »Und schon ewig.«

Nach wie vor lächelte Marie mir zu, und eine absurde Weile lang verharrten wir in dieser Stellung: ich, immer noch gerade wie ein Brett; Marie, halb zu mir gebeugt, die Hände auf meinen Schultern.

In diesem Moment fuhr Jannis auf den Hof, und ich machte mich so schnell von Marie los, man könnte annehmen, ich fühlte mich ertappt.

Zu dritt hievten wir den schweren Bauernschrank die Stufen hinauf, Maries Bett und ein stark abgenutztes, dunkles Ledersofa.

»Da hast du ja einiges angeschleppt«, sagte mein Freund, und ich schämte mich ein bisschen, und dann schämte ich mich noch ein bisschen mehr – einmal für Jannis, den breiten Dialekt, in dem er sprach, und den ich sonst immer als beruhigend gelassen empfunden hatte. Und dann für den Gedanken, dass Marie meinen Verlobten plump finden könnte und schlicht. Ich denke nicht, dass ich ihn je so wahrgenommen hatte; nicht, bevor ich Marie begegnete. Doch sie wirkte so sauber neben ihm. Kein Rauchgestank, kein Schaf. Marie roch wie Luft, frisch und klar. Und sie fühlte sich genauso an.

Ich fragte mich, was Jannis sagen würde, wenn er wüsste, dass sie keine Unterwäsche trug.

Ich schlug ihm das mit dem Dach vor, und er machte sich daran, das Wellblech sturmfest zu nageln, während ich Marie mit einem Karton bepackt in den Wintergarten folgte. Beinah jedes Haus auf N. verfügte über einen Wintergarten. Die Sommer waren zu kurz und zu kühl, um es sich nicht bevorzugt

in einem geschlossenen Glaskasten gemütlich zu machen. Was Marie darin vorhatte, blieb zunächst rätselhaft. Wir hatten den großen Tisch hereingeschleppt, der sicher kaum weniger wog als das Quad vorm Haus – er war nicht sonderlich breit, dafür lang; eine zentimeterdicke Massivholzplatte mit stählernen Füßen. Kein schönes Möbel, es sah aus wie eine Werkbank. Es gab sie und ein paar Regale, eines davon so wuchtig, dass es die Hälfte der westlichen Fensterfront einnahm. Hier war kein Platz für den obligatorischen Lesesessel, die Fernsehecke oder den Pflanztisch. Ich fragte mich, was Marie mit dem Raum vorhatte. War sie Handwerkerin? Künstlerin?

»Wenn ich gewusst hätte«, sagte Marie, »wie besonders das Licht hier oben ist, wäre ich schon viel früher hergezogen.«

»Wirklich?« Ich ließ den Blick nach oben gleiten, durch die Dachfenster in den Himmel, und stellte bei dieser Gelegenheit fest, dass ich zu meinem Zimmer sehen konnte. Noch etwas, das ich mir bis heute nicht wirklich bewusst gemacht hatte. Ebba Hendrik dabei zu beobachten, wie sie ihre Blumen goss, hatte mich offenbar nie sonderlich interessiert.

»Es ist dir nie aufgefallen?«

»Was?«

»Dass das Licht auf dieser Insel besonderer ist als anderswo?«

»Vielleicht wäre es mir aufgefallen, wäre ich je woanders gewesen.«

Eine Weile verstrich, in der Marie mich betrachtete, der Blick klar und unbewegt wie der Gezeitenpool, in dem ich sie vor einigen Stunden gefunden hatte. *Da ist noch was,* schien der Blick zu sagen, *etwas anderes, unter der Oberfläche, und ich werde einfach warten, bis es von allein emporsteigt.*

Marie, das sollte ich später lernen, hatte die Gabe, Menschen aus ihren Schneckenhäusern zu locken, sie dazu zu bringen, mehr von sich zu geben, als sie je vorgehabt hatten zu zeigen. Viel mehr. So viel mehr. Womöglich bestand ihr außergewöhnliches Talent auch darin, diese Sehnsucht erst zu wecken – die Sehnsucht danach, jemand anderer zu sein. Offener, mutiger, freier. Vielleicht schürte sie in ihrem Gegenüber den Wunsch, die eigenen Prinzipien zu überdenken, das, was man bisher im Leben erreicht hatte, die Ziele, die man sich gesteckt, die Träume, die man immer schon als zu waghalsig erachtet hatte, um sie ernsthaft in Betracht zu ziehen. Weil sie selbst eine unvergleichliche Freiheit verkörperte. Als sei sie nicht mit dem Wind auf die Insel geweht; als sei sie selbst der Sturm.

Vielleicht war es aber auch nur diese Stille und besagtes Licht in dem kleinen Glashaus, das mich letztlich dazu brachte, mich Marie zu erklären. Denn ja, ich war natürlich schon auf dem Festland gewesen,

immerhin war ich dort zur Schule gegangen. Ich hatte mir Städte angesehen oder größere Besorgungen gemacht, Ärzte besucht. Davon abgesehen war ich allerdings nie lange genug irgendwo geblieben, um festzustellen, ob das Licht dort weniger besonders war als auf N.

»Ich werde irgendwann den Laden und das Café übernehmen«, fügte ich schließlich an, als würde dies den Rest und überhaupt alles erklären. »Mein Vater verlässt sich schon jetzt sehr auf mich. Ich denke nicht, dass sie es ohne mich schaffen würden.«

»Es ist sicher schön, so verwurzelt zu sein«, sagte Marie, aber es war keine Frage.

»Was ist mit deinen Eltern? Sind sie enttäuscht, weil du jetzt weit entfernt von ihnen wohnst?«

»Es gibt nur meine Mutter und mich. Und sie hat zumindest nichts davon gesagt, dass es ihr etwas ausmachen würde.«

»Oh. Das tut mir leid.«

»Das muss es nicht. Mir macht es auch nichts aus.«

Ich wandte mich zum Gehen, den Fuß schon halb in Maries Wohnzimmer, als sie rief: »Sehen wir uns morgen? Ich würde dir gern etwas zeigen.«

Viele Wochen später erklärte mir Marie, sie habe mich tatsächlich so dringend wiedersehen wollen, wie ihre Frage geklungen hatte. Sie sagte, mögli-

cherweise sei nicht das Licht das Besondere an diesem Nachmittag gewesen, sondern mich darin zu sehen.

Der Morgen nach Maries Einzug verlief ereignislos. Ich hatte in Jannis' Bett geschlafen, stand vor Einbruch der Dämmerung auf, lief zum Hof meiner Eltern, machte mich in der Küche nützlich. Verarbeitete Vorteig, den ich zwölf Stunden zuvor angesetzt hatte, heizte den Ofen an. Formte und faltete den Laib Brot, während ich aus dem Fenster sah, auf das Haus von Marie. Hein, der Hahn, sprang über eine ausgediente Holzkiste aufs Fensterbrett und pickte an die Scheibe, was mich automatisch auf das Wellblechdach blicken ließ. Der Wind würde ihm nichts mehr anhaben können. Die Köpfe meiner Hühner schienen in Sicherheit.

Ich brühte Tee auf und goss ihn in eine Thermoskanne. Kaum hatte ich sie verschlossen, stand mein Vater neben mir, um sie in eine seiner zahllosen Jackentaschen verschwinden zu lassen. Der alte Parka war eine regelrechte Fundgrube an vergessenem Werkzeug, gebrauchten Taschentüchern, verloren geglaubten Knöpfen. Mein Vater trug ihn seit Jahren, hauptsächlich dann, wenn draußen Reparaturen anstanden, so wie heute, wo der Zaun unterhalb des Leuchtturms geflickt werden musste. Ein paar der Männer trafen sich, um die Sache gemeinsam

anzugehen, Jannis war einer davon. Ich sagte, ich würde meiner Mutter im Laden helfen, bei was auch immer anstand, und das tat ich, bis wir all die neuen Konserven eingeräumt und die älteren zum Abverkauf aussortiert hatten. Anschließend bereiteten wir einen Eintopf zu, aus Suppenfleisch, Kartoffeln und Karotten, und erst als alles für den Vormittag erledigt war, verabschiedete ich mich, um mich ins Nachbarhaus zu stehlen.

Ursprünglich hatte ich es nicht einmal vorgehabt. Ich dachte, es sei ihre Idee gewesen, dass wir uns treffen sollten, nicht meine, und wenn es ihr Ernst damit gewesen war, hätte sie auch im Laden oder im Café vorbeikommen können, sie wusste schließlich, wo ich zu finden war. Ich hatte den Gedanken noch nicht zu Ende gedacht, da kam er mir merkwürdig vor. Wieso nicht einfach rübergehen, Vida? Wieso musst du ständig alles zerdenken, bis nichts mehr davon übrig ist? Als ich an ihre Tür klopfte, öffnete sie mit einem strahlenden Lächeln und einem: *Da bist du ja endlich!*

Sie führte mich in den Wintergarten und zeigte mir den Meerjungfrauenschwanz, den sie auf der Werkbank ausgebreitet hatte, eine goldrote, lichtdurchlässige Flosse, übersät mit feinen Schuppen und Fäden. Sie wirkte, als könne sie jeden Moment vom Tisch springen. Als müsse sie sich noch ganz in

der Nähe befinden, die Meerjungfrau, die sich aus diesem Schweif geschält hatte, um an Land zu kommen, um endlich Mensch zu werden. Ich widerstand dem Drang, die Hand darüber streichen zu lassen, nur um zu prüfen, ob sie sich warm anfühlte.

»Wie findest du ihn?«, fragte Marie.

»Atemberaubend schön.«

»Möchtest du ihn anprobieren?«

»Was? Nein?« Ich muss nahezu schockiert gewirkt haben, und Marie lachte.

»Du hast keine Angst, dich in einen Fisch zu verwandeln, oder?«

Ich sah von Marie zu der Werkbank und bekam mit einem Mal Angst, sie könnte das Kostüm für mich angefertigt haben. »Das nicht unbedingt«, erwiderte ich. »Allerdings hätte ich keine Ahnung, wie ich mich damit über Wasser halten sollte.«

»Es gibt Kurse dafür. Wie man sich als Meerjungfrau fortbewegt, meine ich.«

»Hast du so einen Kurs belegt?«

»Nein.« Marie schüttelte den Kopf. »Ich habe mich einfach ins Wasser gestürzt und versucht, wieder aufzutauchen. Tee?«

An Ebbas abgenutztem Küchentisch erzählte mir Marie über einer Tasse Darjeeling, dass sie ihr Geld damit verdiente, Meerjungfrauenkostüme aus Silikon herzustellen; Maß- und Handarbeit, die sie an-

schließend in alle Welt verschickte. »Es ist ein kleiner, aber auch exklusiver Markt«, erklärte sie. Sie hoffte, noch mehr potenzielle Meerjungfrauen für ihre Arbeit zu interessieren, sobald sie ihren Onlineshop fertiggestellt hatte.

»Bevor du hierherkamst«, sagte ich ihr, »hatte ich keine Ahnung, dass es so etwas überhaupt gibt.«

»Es gibt für alles ein erstes Mal«, erwiderte Marie, und obwohl ich den Satz schon Dutzende Male und zu verschiedensten Gelegenheiten gehört hatte, blieb er diesmal haften. Als hätte er tatsächlich mit mir zu tun.

Marie zeigte mir die Skizzen für ihre Kostüme, Materialien und Farben, minimale Unterschiede zwischen den einzelnen Designs. Sie erklärte mir alle Arbeitsschritte, dass sie es liebte, mit den Händen etwas zu schaffen, dass sie es wie eine Meditation empfand und oft nicht glauben konnte, dass sie für eine Arbeit, die sie so sehr liebte, sogar Geld bekam.

Marie redete, deutete, strich Kanten glatt und wusch Pinsel aus, ich hätte ihr stundenlang zuhören können, ich war fasziniert. Während ich sie beobachtete, fiel mir auf, wie haptisch sie war: Alles musste sie anfassen, das Silikon, die Farben, den Tisch, den Rand der Teetasse. Als sie nach meinem Handgelenk griff, beschleunigte sich mein Herz-

schlag, doch meine Aufmerksamkeit war ungebrochen.

Ich saugte Maries Begeisterung in mir auf wie ein Schwamm.

Als ich ging, war es schon beinah dunkel, und Marie trat mit mir vor die Tür.

»Hier«, sagte sie, »genau hier.«

»Hier, was?«

»Von hier kann man das Meer erreichen, in weniger als dreißig Minuten, egal, in welche Richtung man geht. Das ist wie der Mittelpunkt der Erde. Der Mittelpunkt der Welt.«

Sie drückte meine Hand, und erst da fiel mir auf, dass sie sie schon eine ganze Weile lang gehalten hatte.

NORMALERWEISE wurden auf N. keine Pinsel geschwungen. Es wurden keine Materialien gestreichelt, stattdessen wurde gehämmert, gesägt, verladen, bis sich auf den Händen Schwielen bildeten, bis der Rücken brach. Tatsächlich lebten die meisten Leute, die auf N. zu Hause waren und Arbeit hatten, von den Schafen und ihrer Wolle. Seit Jannis' Großvater auf die Idee gekommen war, nicht den Zwischenhändlern das Feld zu überlassen, wenn es darum ging, von der Schur zu profitieren, sondern selbst daran zu verdienen, und kurzerhand eine eigene Spinnerei auf die Insel brachte.

Doch selbst die Arbeit in der Wollfabrik ließ sich nicht romantisieren – aus einem Wust Schafswolle ein verwendbares Garn zu spinnen, barg nichts Kreatives in sich, es war das stoische Ausharren vor ratternden Maschinen, das Atmen unter Masken, das Erdulden geröteter Hände und schmerzender Nacken. Ich dachte an meinen Vater. Daran, dass er Maries Schaffen niemals würde ernst nehmen können, genauso wenig wie Jannis, denn beide verstanden unter Arbeit etwas gänzlich anderes. Es war nicht leicht für mich, jemandem wie Marie zuzuhören oder sie anzusehen und nicht zu vergleichen, weder sie als Person, noch das, wofür sie stand.

Marie war anders als alle, die ich bisher kennengelernt hatte, was auf meiner eingeschränkten Inselwelt nicht weiter verwunderte. Sie war anders, dachte anders, beschäftigte sich mit fremdartigen Dingen, und sie weckte etwas in mir, was ich bis dahin nur selten, womöglich noch nie verspürt hatte: die Neugierde auf einen anderen Menschen. Die löste Marie in mir aus, noch vor allem anderen.

Sie kündigte an, das Fahrrad holen zu wollen, das wir gestern hatten liegen lassen, und wir verabredeten uns für den nächsten Vormittag, an dem wir gemeinsam zum Meer fahren wollten. Sie bat mich, ihr die Insel zu zeigen. Die Steilklippen, die Aussichtspunkte, von denen man die meisten Vögel sah, den Leuchtturm, die alte Kapelle, die mehr oder weniger Ruine war.

»In der es im Übrigen spuken soll«, fügte ich hinzu.

»Wirklich?«

Diesmal war ich diejenige, die geheimnisvoll lächelte, ein bisschen Marie hatte schon auf mich abgefärbt.

Ich erfand etwas, irgendeinen Grund, den ich meinen Eltern nannte, um mich am kommenden Vormittag aus dem Laden zu stehlen. Ich vernachlässigte die mir auferlegten Pflichten so gut wie nie, erst recht nicht, um mit dem Rad über die Weiden zu holpern, mit der fremden Nachbarin auf dem Gepäckträger. Er wurde in diesen Tagen angelegt, der Zauber, den Marie über mich breitete, der Bann, in den sie mich zog. Meine Familie würde es bemerken, ziemlich

bald sogar, Jannis auch. Es würde der Moment kommen, in dem ich mich von allen zurückzog – von allen, mit Ausnahme einer Person. Es würde langsam geschehen, kontinuierlich fortschreitend und doch unaufhaltsam, wie ein Kreisel, der Fahrt aufnahm, sich immer schneller drehte, bevor er zu taumeln begann, vom Weg abkam und schließlich über die Tischkante stürzte.

DER TAG WAR WINDIG UND GRAU. Das Meer ein waberndes Wesen voll unterdrückter Kraft und Wut. Mit den Rädern kämpften wir uns über unwirtliche Feldwege hinauf zum Aussichtspunkt, hinunter zur Kirchenruine und zurück zum Leuchtturm. Das war's, sagte ich, mehr gibt es hier nicht zu sehen, doch Marie schüttelte nur den Kopf und fuhr weiter, bis der Weg irgendwann in Weide mündete, bevor auch diese endete und in die zerfurchten Steinausläufer überging, die den Fuß der Klippen markierten.

Wir ließen die Räder im Gras liegen und kletterten über Felsen und Geröll am Ufer entlang. Ich hatte keine Vorstellung davon, wonach Marie suchte, bis sie irgendwann stehen blieb und in ein mit Meerwasser gefülltes Loch starrte, dass die Flut zwischen den Felsklüften zurückgelassen hatte. Ein weiterer Gezeitenpool, aber sehr viel tiefer als der, in dem Marie gestern gebadet hatte. Eine ganze Weile lang starrten wir auf die Spiegelung, die die Wolken auf der schwarz glitzernden Oberfläche abbildete. Schließlich setzte Marie sich auf einen der größeren Steine und ließ gerade so viel Platz, dass ich mich danebenzwängen konnte.

Ob ich generell Angst vorm Wasser hätte, fragte sie, oder nur davor, in ein Meerjungfrauenkostüm zu schlüpfen?

Ich erklärte ihr, dass die meisten Menschen auf der Insel sich wohl lieber am oder auf dem Wasser aufhielten als darin, und dass, wenn man hier lebte, der Respekt vor der See eine große Rolle spiele, der Respekt vor der Tiefe.

»Respekt oder Angst?«, fragte sie.

»Womöglich beides. Man weiß nicht genau, was da unten lauert. Richtig?«

»Ich habe die Tiefe immer gemocht. Es kann noch so stürmisch sein an der Oberfläche, noch so wild und aufgewühlt, je weiter du dich nach unten sinken lässt, desto unbewegter wird es. Mich beruhigt das. Tiefe Wasser sind still.«

Von der Seite warf ich Marie einen Blick zu, die ihrerseits aufs Meer hinaussah, durch die schaukelnde Gischt direkt ins Herz des schwarzen Wassers, was auch immer sie da fand. »Klingt wie das genaue Gegenteil mancher Menschen. Je stiller die Oberfläche, desto aufgewühlter sieht es oft im Inneren aus.«

»Ist das so?« Nun hatte ich Maries Aufmerksamkeit.

»Wer weiß?« Ich hielt ihrem Blick noch zwei Sekunden lang stand, dann sah ich woandershin. Bis vor ein paar Tagen war ich davon ausgegangen,

dass mein Inneres ebenso aufgeräumt und langweilig war, wie alles andere an mir. Ich musste Marie ja nicht unbedingt auf die Nase binden, dass dies seit Neuestem nicht mehr der Fall zu sein schien. Und was ihr Auftauchen damit zu tun hatte.

Es war einige Tage später, am Sonntagmorgen, als Marie vor meiner Tür stand, die Umhängetasche mit ihrem Kostüm über der Schulter, die blendende Herbstsonne im Rücken. Es sei ein herrlicher Tag, befand sie, und an der Zeit, das eine oder andere Trauma zu überwinden.

»Trauma?«

»Du wirst es nicht bereuen. Nimm deine Badesachen mit.«

Wir fuhren zurück zu dem Wasserloch, an dem wir gesessen hatten, doch diesmal wirkte es nicht abweisend und unzugänglich, sondern kristallgrün und klar, mit einer Tiefe, die leicht zu durchschauen war, bis hinunter zum Grund. Marie sagte, sie habe gewusst, dass dies exakt der richtige Ort dafür sei – *Wofür?*, fragte ich –, doch da nickte sie mir schon zu und in Richtung der alten Leinentasche, in die ich meinen Badeanzug geworfen hatte.

Sie zog sich aus, bis auf einen schmalen Streifen weißer Unterwäsche, bevor sie sich auf einen Stein setzte und neben ihrem Meerjungfrauenschweif auch

eine dunkelblaue Tube aus der Tasche zog. *Gleitcreme*, sagte sie und lachte. Andernfalls sei es unmöglich, sich in das enge Kostüm zu zwängen.

Die kommenden Minuten fesselte mich der Anblick, wie sich Marie in eine Meerjungfrau verwandelte. Wie sie das Gel auf ihre Beine rieb, bis hin zum Rist ihrer Füße, wie sie anschließend die Hände an einem Frottee trocknete, damit sie nicht wegglitschten, sobald sie nach der Flosse griff. Dann setzte sie sich an den Rand des Felsens, schob sich in den Schweif, was mehr oder eher weniger elegant wirkte, doch am Ende, wie sie da auf diesem Brocken thronte, aufrecht mit einem blau glitzernden Fischschweif um den Körper gelegt, blieb mir ein klein wenig das Herz stehen vor Staunen.

Sie öffnete ihren BH, ließ ihn neben sich fallen. Bedeckte dann mit langen, dichten Haarsträhnen ihre Brüste.

Es ging um Unterwasseraufnahmen. Etwas, von dem ich nicht im Traum angenommen hätte, jemals Teil davon zu sein. Ich schlüpfte in meinen Badeanzug – ein antiquiertes Teil, das so gut wie nie zum Einsatz kam –, da war Marie längst im Wasser. Von dort wies sie mich an, die Kamera aus ihrer Tasche zu holen und die Schwimmbrille, falls es mir schwerfiel, unter der Oberfläche die Augen zu öffnen. Die Skepsis muss deutlich in meinem Gesicht gestanden

haben, denn Marie sagte: *Danke, dass du das für mich tust*, da hatte ich noch nicht den Zeh in den Pool getaucht.

Das Wasser war irrsinnig kalt. Ich lachte aus Hysterie und Verzweiflung, als ich hineinglitt; da war kein Strand, auf dem man sorgfältig voranschritt, da war nur der Abgrund, den die Spalte zwischen den Felsen geformt hatte, voll mit wunderschönem, klirrend kaltem Meerwasser. Ich tauchte ab und keuchend wieder auf, während Marie den Kopf in den Nacken legte, und ihre Flosse unter Wasser geheime Zeichen malte, wie auch immer sie das anstellte, wie auch immer sie der Kälte trotzte.

Ein berauschender Sonntag war das. Anders als alle Sonntage, die ich bis dahin verbracht hatte, die hauptsächlich mit Arbeit gefüllt waren, wahlweise mit Leere. Mit Jannis, seiner Mutter, meinen Eltern, den Hochzeitsvorbereitungen. Gerade heute hatte Katleen mir die Brautschuhe vorbeibringen wollen, die ich anprobieren sollte – es waren ihre gewesen, so wie auch das Kleid ihres gewesen war, das sie mir von Herzen gern überlassen wollte. Ich hatte nie hinterfragt, ob es angemessen war, in Katleens alten Sachen zu heiraten, es war einfach so beschlossen worden. Sie waren hübscher als die meiner Mutter, edlere Stoffe, bessere Qualität. Zu schade, um sie nicht noch einmal zu tragen. Doch sie waren Katleens, nichts davon gehörte mir. Ein seltsamer Ge-

danke war das, an diesem Sonntagmorgen in diesem Pool, den uns die Natur geschenkt hatte. Nichts gehörte mir, doch dieser Augenblick tat es.

Marie zu fotografieren, war … Ich finde kaum Worte dafür. Wir ließen uns ins Wasser sinken, ich mit Taucherbrille und Kamera, sie mit weit geöffneten Augen. Die Sonne brach mit einem Schwert aus Licht in die Tiefe, das alles in seinem Radius milchig grün färbte. Inmitten dieses Strahls schwebte Marie, die Meerjungfrau; wand sich in verträumten, verlangsamten Bewegungen. Sie lächelte, und winzige Sauerstoffbläschen blubberten zwischen ihren Lippen hervor, umspielten ihr Gesicht, setzten sich in den Haarsträhnen fest, die der Auftrieb von ihren Brustspitzen hob.

Dieser Anblick, er war so schön, so surreal, so fesselnd, dass ich beinah ertrank, weil ich kaum bemerkte, wie mir die Luft ausging.

Wir schnappten beide danach, als wir auftauchten, und dann sahen wir uns an, und ganz sicher haben meine Augen nie zuvor so geleuchtet wie in diesem Moment die von Marie.

An diesem Nachmittag lernte ich so viel wie in manchen Jahren nicht. Über Scham beispielsweise, über die Selbstverständlichkeit, seinen Körper zu betrachten, ihn anzunehmen, ihn zu bewegen, ihn zu

zeigen, damit durchs Wasser zu gleiten. Als wir zurück an Land geklettert waren, sagte Marie, sie hätte gern noch ein paar Aufnahmen, nur für sich, und dann wand sie sich aus der Fischflosse und glitt zurück in den Teich, nackt.

Ich fotografierte sie, wie sie sich unter der Oberfläche bog, die Arme ausgebreitet, das Becken nach oben gereckt, die Haare ein silbrig schimmernder, aus exquisitem Nichts gewebter Schleier; er umspielte sie wie ein Vorhang, der sich in einer sanften Brise wiegt. Ich weiß, dass ich nichts dachte, als ich auf den Auslöser drückte, dass ich nur fühlte – Aufregung, Verwunderung, Anspannung, Erregung, Scham, alles auf einmal – und dass mir das Wasser in den Ohren rauschte.

In der darauffolgenden Nacht war an Schlaf nicht zu denken. Ich bin nicht sicher, ob es Zweifel waren, ein generell schlechtes Gewissen oder das Adrenalin, das mich den ganzen Tag über hellwach gehalten hatte. Wenn ich die Lider schloss, sah ich Marie, wie das Wasser ihre blassgrün schillernde Gestalt umschmeichelte, wie sie für die Kamera posierte in dieser unwirklichen, märchenhaften Umgebung, in der es nur uns beide gab. Ich verstand nicht, weshalb ich näher an Jannis heranrutschte, einen Arm an ihn schmiegte, als würde diese Berührung mich erden, im Hier und Jetzt behalten, während ich mich ansonsten herauszulösen drohte aus dieser Realität, diesem Bett; ich würde aus dem Fenster schweben, über die Felder zur Küste, zu dem Teich, in den ich hineinglitt, um wieder die andere zu sein. Die Frau, mit der Marie in diesem Kokon aus Licht und Intimität getanzt hatte. Die Frau, die sich mit einem Mal so leicht, fast schwerelos anfühlte, als habe das Wasser all das, was an anderen Tagen an ihr zerrte, einfach weggewaschen, fortgespült.

Verantwortung. Bodenständigkeit. Verpflichtung.

Ich weiß nicht, wie sich die Bestandteile meines Lebens vor Marie sonst beschreiben ließen. Als sie

kam, rüttelte sie mich auf wie ein Kopfkissen, das zu lange in die gleiche Position gedrückt worden war und nun Hilfe brauchte, wieder in die ursprüngliche Passform zurückzufinden. War es so? War das, was Marie aus mir herausschüttelte, die eigentliche Vida? Oder nahm sie eine vollkommen in sich stimmige Figur, nur um sie einmal von innen nach außen zu kehren?

Ich gebe zu, es machte mir Angst. Nicht Marie, nicht, was sie tat oder wie sie sich mir gegenüber verhielt, sondern das, was sie in mir auslöste. Ich musste einen Schritt zurückgehen, um mich zu sammeln, um mich an mir selbst festzuhalten, solange es ging.

Weshalb es war, als würde sich die Beziehung zwischen Marie und mir rückwärts entwickeln. Ausgehend von unserem aufwühlenden Unterwasser-Moment, begannen wir die kommenden Tage und Wochen quasi von vorn – schüchtern, zurückhaltend, als hätte es diesen spektakulären Nachmittag nie gegeben, als hätte er nichts mit uns gemacht. Womöglich hatte er das auch nicht, nicht mit Marie, doch ich war nicht wie sie. Ich war in dezente Schieflage geraten und krallte mich nun am Rand der Bande fest, um nicht vollends das Gleichgewicht zu verlieren.

Wir verbrachten die Nachmittage in Maries Wintergarten, um gemeinsam an einer ihrer Meerjung-

frauen zu arbeiten – mit farbverschmierten Händen, Silikonresten an den Teetassen, hinter höflichem Lächeln und verstohlenen Blicken. Ich zeigte ihr, wie man Brotteig faltet, sie brachte mich dazu, mit ihr durch den Regen zu spazieren, weil es sie nie länger als ein paar Stunden in geschlossenen Räumen hielt. Ich sah sie eingestäubt in Mehl genauso wie in regennassen Kleidern, doch Interpretationen aller Art verbat ich mir.

Ein bisschen war es so, als würden wir uns unter Wasser bewegen: Wir wateten aufeinander zu, und doch hielt uns immer etwas zurück, das unsere Bewegung entschleunigte. Ein Widerstand, den die man willentlich beeinflussen musste, sonst kam man keinen Millimeter voran. Es war das, was ich wollte, sagte ich mir, auch wenn es sich anfühlte, als ob ich ins Nichts greifen würde, weil sich das Ziel mit jedem Impuls nach vorne ein Stück weiter nach hinten schob.

Sie fragte mich nicht noch einmal, ob ich mit ihr schwimmen wollte.

Ich unterdrückte jeden Gedanken daran, was mein Ziel denn eigentlich war.

Wenn sie aufbrach, mit ihrer Fischflosse auf dem Gepäckträger, winkte sie mir zu und fuhr dann los, ohne sich noch einmal umzusehen. Ich versuchte nicht, mir vorzustellen, was dort passierte, in einem der Gezeitenpools, in die Marie abtauchte, wenn das

Meer zu wild und aufgepeitscht war, als dass sie darin schwimmen konnte. Ich dachte an Brot und Eintopf und daran, das Leben zu leben, in das ich hineinpasste.

Es waren keine imaginären Wassermassen, die mich zurückhielten.

Es war die Angst davor, mich nicht länger an der Oberfläche halten zu können.

WÄHREND DIE WOCHEN DAHINZOGEN, Weihnachten und Silvester kamen und gingen, wähnte ich mich in einer Sicherheit, die nicht nur trügerisch war, sondern schlichtweg erfunden. Ich redete mir ein, ich war wieder die Alte und Marie lediglich ein Teil meines Lebens, der erfreulicherweise hinzugefügt worden war. Dieser Teil, er gehörte mir, mir ganz allein. Und er war aufregend, doch er kam mir nicht mehr beängstigend vor, nicht so bedrohlich wie in der Nacht nach dem Shooting.

Wenn ich mich mit Marie traf, ging es nicht um Bestellungen, Vorräte, Hochzeitseinladungen, Hühner, Schafe, Fisch, Jannis, es ging um Marie und mich, um die Dinge, die wir gemeinsam taten, darum, dass es außerhalb des Alltags eben noch etwas anderes gab, so etwas wie Kreativität, Leichtigkeit, Verspieltheit. Ich genoss diese Zeit, diese Freundschaft, und ich verdrängte die Tatsache, dass da eventuell noch etwas anderes war – dass es mir womöglich nur so vorkam, als wäre ich die Vida aus Vor-Marie-Zeiten, dass ich es mir einredete und dabei die Hinweise verleumdete, die das Gegenteil vermuten ließen.

Sich zu sicher zu fühlen kann leichtsinnig sein.

Ich schlief mit meinem Verlobten. Dachte an etwas anderes. Ich duschte oft und ausgiebig. Schrubbte meine Haut, wenn ich aus Jannis' Bett stieg, in dem verbissenen Vorhaben, mich von möglichem Fischgeruch zu befreien. Ich stand lange vorm Spiegel. Verglich meinen nackten Körper mit dem von Marie, zeichnete mit den Fingerspitzen Rundungen nach und Kanten; legte die Erinnerung an diesen Tag unter Wasser wie eine Blaupause auf meine Haut. Ich strengte mich an, mir nichts dabei zu denken – das Ganze war ewig her und hatte keinerlei Bedeutung entfaltet. Und falls ich mir doch etwas dachte, schlüpfte ich schnell in meine Kleider und kehrte dem Spiegel den Rücken zu.

Ich ließ mir nichts anmerken, weder Marie noch meiner Familie gegenüber, aber am schlimmsten hinterging ich mich selbst. Die Tatsache, dass Marie etwas in mir heraufbeschwor, das ich bis dahin weder kannte noch einzuordnen wusste, würde sich nicht für immer ignorieren lassen, und doch tat ich genau das.

Ich redete mir ein, ich würde darüber hinwegkommen. Immerhin schien Marie nichts davon zu bemerken, tatsächlich erweckte sie den Eindruck, als hätte sie nie einen Gedanken daran verschwendet, eventuell etwas anderes zu empfinden als die reine Freundschaft, die sie mir entgegenbrachte. Wenn sich, während wir gemeinsam an einer der

Flossen arbeiteten, Silikon anrührten oder den Abdruck von seiner Form zogen, wenn sich bei all dem wie zufällig unsere Hände berührten, zuckte sie nicht davor zurück, so wie ich es tat, bei jedem einzelnen Mal, ihr schien es gar nicht aufzufallen. Wie war es möglich, dass wir bei ein und demselben Vorkommnis so unterschiedlich empfanden? Ich erinnere mich daran, dass diese Vorstellung mich quälte, genauso wie der Gedanke daran, dass es gänzlich anders sein könnte, weil er ebenso erschreckend war.

Es ist kein Geheimnis, dass die Vida von damals nicht mehr existiert. Doch die Wahrheit ist, selbst wenn es mir möglich gewesen wäre, diesem jüngeren Ich aus der Zukunft etwas zuzurufen, ihr einen Rat zu geben, sie zu warnen, es anders zu machen, nicht so, auf keinen Fall so – ich hätte sie nicht retten können. Nichts hätte den Verlauf der Geschichte geändert, nichts die Lawine, die in jenen Tagen ins Rollen kam, davor bewahrt, uns unter sich zu begraben.

Es begann ganz harmlos, an einem Nachmittag in der zweiten Januarwoche. Ich half meinem Vater bei der Inventur im Lager, wir zählten den Bestand an konservierten Lebensmitteln, sortierten aus, sprachen wenig. Wir waren ein eingespieltes Team, mein Vater und ich, wir brauchten kaum Worte, um einander zu verstehen. Vielleicht, weil wir uns ähnlich waren, so wie meine Mutter und Zander sich ähnelten. Vielleicht auch, weil wir es gewohnt waren, auf uns gestellt zu sein, wenn meine Mutter einmal mehr den Rückzug in sich selbst antrat.

Die vergangenen Wochen waren nicht einfach gewesen. Zanders Ankündigung, weder an den Feiertagen noch zum Jahreswechsel auf die Insel zu kommen, hatten meine Mutter schneller aus der Bahn geworfen, als über dem Meer ein Gewitter aufzog. *Er werde ohnehin bald nach N. kommen,* hatte mein Bruder verkündet, *spätestens zu Vidas Hochzeit,* und mir damit obendrein ein schlechtes Gewissen zugeschoben. Es war nicht das erste Mal, dass ich mich verantwortlich fühlte für etwas, das Zander tat, und es würde nicht das letzte Mal sein. Eigentlich immer, wenn er meine Eltern enttäuschte, fühlte ich mich in irgendeiner Weise schuldig, und

sei es nur, weil ich nicht in der Lage war, die Dinge wieder geradezurücken, alles etwas besser zu machen. Da war wieder diese Lücke, die es zu füllen galt, in die ich es über all die Jahre nicht geschafft hatte, hineinzuwachsen.

Manchmal, an besonders miesen Tagen, fragte ich mich, ob es tatsächlich möglich war, dass Eltern das eine Kind mehr liebten als das andere. So wie man seinen Hund seiner Katze vorzog oder eine Freundin der anderen. Ich stellte mir vor, wie meine Eltern vor die Wahl gestellt wurden: *Nur eines Ihrer Kinder darf leben, Frau Holt, welches soll es sein?*, und meine Mutter ohne zu zögern auf meinen Bruder zeigt, während mein Vater ihr stumm und reglos dabei zusieht. Es würde so sein, sagte ich mir, genauso. Meine Mutter würde handeln, mein Vater alles tun, um ihr beizustehen.

Und würde man mich dasselbe fragen – *welchen Teil deiner Familie würdest du behalten, im Falle des Falles, nur einmal angenommen?* –, ich hätte ebenfalls keine Schwierigkeiten, zu wählen, war es nicht so? Auch wenn ich lieber nicht darüber nachdenken wollte.

Nach Zanders Verlautbarung schob meine Mutter alle Verpflichtung von sich, als habe sie nur darauf gewartet. Sie verschwand, von jetzt auf gleich, in ihrem Zimmer, und selbst, wenn sie bei uns saß, war

sie nicht anwesend. Jannis hatte das früher *Lebensverweigerung* genannt und gefragt, ob es nicht sinnvoll wäre, mit einem Arzt darüber zu sprechen. Meine Mutter nannte es ihr gutes Recht, sich wenigstens für einen Moment nur um sich selbst zu kümmern, um niemanden sonst. Jannis vermied es, sich bei uns sehen zu lassen, wenn sie in dieser Phase war. Mein Vater und ich sprachen nicht darüber, sondern rückten wortlos und wie selbstverständlich auf unseren Platz. Wenn ich ehrlich bin, war ich wohl froh, zumindest einem von beiden eine Stütze sein zu können. Ich wusste nicht, was mein Vater ohne mich getan hätte, und ich würde es nicht darauf ankommen lassen.

An diesem Nachmittag im Januar jedenfalls tauchte meine Mutter nach mehreren Wochen das erste Mal wieder auf, sie lehnte im Türrahmen zum Lager, den verwaschenen Bademantel locker in der Taille geknotet, die strohig wirkenden Haare ungekämmt.

»Wir sollten das Mädchen zu uns zum Essen einladen, meinst du nicht?« So plötzlich, wie sie verschwunden war, war meine Mutter also wieder aufgetaucht.

Ich starrte sie an, wenige Sekunden nur. Es war nicht ratsam, etwas anderes zu tun, als vorzugeben, all das sei normal. Ihr plötzliches Auftauchen. Die Fragen. Ihr Verhalten, als sei sie nie weg gewesen. Unsere Reaktion darauf. Wir hatten schon auf alle

erdenklichen Arten versucht, es Eva Holt recht zu machen, doch der beste Weg war, einfach so zu tun, als ob.

»Welches Mädchen?«, fragte mein Vater, dabei lag es auf der Hand, von wem die Rede war. Ich spürte es an meinem Puls, der sich beschleunigte, und an der Art, wie meine Mutter die Lippen verzog. In diesem Augenblick hasste ich sie. Im nächsten schickte ich den Gedanken in die Wolken, ließ ihn ziehen. Ich war nicht genug, um meine Mutter funktionieren zu lassen, und das war in Ordnung. Sie war es für mich schließlich auch nie gewesen.

»Vor ein paar Wochen sagtest du noch, es sei keine gute Idee, Marie einzuladen«, erinnerte ich sie.

Tatsächlich hatte ich vorgeschlagen, genau das zu tun, weil es mir unangenehm war, dass meine Familie sie so konsequent ignorierte, dass meine Mutter und mein Vater nach wie vor Blicke tauschten, wenn sie Marie mit ihrem Kostüm sahen oder sie dabei beobachteten, wie sie im Garten meditierte. Oft lief sie barfuß durch das gefrorene Gras, was ohne Zweifel etwas war, das außer ihr niemand tun würde auf N., doch Marie sagte, es helfe ihr dabei, nicht den Boden unter den Füßen zu verlieren bei all der Zeit, die sie im Wasser verbrachte. Ich fand, sie sah wunderschön dabei aus.

»Geht sie immer noch schwimmen? Auch jetzt noch, wo Schnee liegt?«

»Sie geht zumindest ins Wasser«, gab ich widerwillig zurück. »Wenn auch nur noch für kurze Zeit.«

»Sie ist wirklich eigenartig, findet ihr nicht?«

Nicht eigenartiger als du, war das, was ich gern geantwortet hätte. Doch bevor ich auch nur den Mund öffnen konnte, fuhr meine Mutter fort: »Du verbringst ziemlich viel Zeit mit dem Mädchen.«

Was mich zum Schweigen brachte. Und des Weiteren darüber nachdenken ließ, wie durchsichtig ich eigentlich war.

DAS ESSEN verlief unangenehmer als in meiner Vorstellung, was vor allem daran lag, dass Katleen und Jannis ebenfalls eingeladen waren. Während mein Vater den stummen Beobachter gab und Jannis von einem Fußballspiel abgelenkt wurde, das er unter dem Tisch auf seinem Smartphone verfolgte, stimmten meine Mutter und künftige Schwiegermutter eine Art scheinheiliges Kreuzverhör an, das mich in Sekundenschnelle bereuen ließ, dem Essen zugestimmt zu haben.

Automatisch rückte ich ein Stück näher an Marie heran. Ein paarmal versuchte ich, das Gespräch von ihr weg, irgendwo anders hinzulenken, doch es war vergeblich, die Fragen rissen nicht ab, und mit jeder einzelnen wurde deutlicher, wie wenig beide Frauen die Fremde verstanden und wie wenig sie bereit waren, es zu versuchen.

Aus dem Augenwinkel betrachtete ich Marie. Sie war seit beinah drei Monaten auf der Insel, und weil es so normal war, so vorhersehbar, hatte ich mir bis zu diesem Abend keine Gedanken darüber gemacht, wie wenig integriert sie immer noch war. Das Gerede hatte möglicherweise nachgelassen, ganz verstummt war es nicht. Dass die Sensationslust nach

wie vor schwelte, sah man an meiner Mutter und Katleen. Und dennoch gab es neben mir keine einzige Person, die Zeit mit Marie verbrachte, die sich die Mühe machte, sie kennenzulernen – wenngleich mich offensichtlich völlig andere Dinge an ihr interessierten als beispielsweise meine Mutter.

Die stellte keine Fragen, sie feuerte sie ab.

Ob es nicht ein wenig merkwürdig sei, bei dieser Witterung ins Wasser zu gehen?

Ob sie nicht fror?

Ob sie auch einen richtigen Beruf erlernt habe?

Ob ihre Eltern sich nicht wünschten, sie würde näher an ihrem Zuhause leben?

Wo sich dieses Zuhause befand?

Weshalb sie fortgegangen war?

Jede Frage klang wie eine Anschuldigung, doch Marie antwortete mit höflicher Besonnenheit, das Lächeln intakt. Ich bewunderte sie dafür. Und freute mich insgeheim darüber, dass die beiden Hyänen am Tisch gerade dabei waren, sich die Zähne auszubeißen.

Marie und ich tauschten einen Blick. Ich war stolz, sie meine Freundin nennen zu dürfen. Und noch etwas anderes fühlte ich in diesem Augenblick, etwas, das ich bis dahin nur hatte erahnen können, seit diesem ersten Zusammentreffen von Jannis und Marie. Die Erkenntnis, dass mir meine Familie unangenehm war. Dass ich mich bisher in meinem

Leben für nichts und niemanden geschämt hatte, der Teil davon war. Nicht für Jannis, nicht für meine Eltern, auch nicht dafür, wie und wo ich aufgewachsen war und woraus meine Zukunft bestand. Und dass ich jetzt, wo Marie mir zulächelte, offen und sicher auch ein kleines bisschen erwartungsvoll, mit einem Mal eine bessere Version meiner selbst sein wollte. Eine, die es verdiente, jemanden wie Marie in ihrem Leben zu haben. Eine, deren Verlobter seine Tage nicht mit Schafen verbrachte und der die eigene Mutter nicht peinlich sein musste.

»Haben Sie denn gar keinen Mann?«, fragte sie jetzt. »Oder zumindest einen Freund?«

»Es reicht, oder?« Ich sagte es harscher als beabsichtigt, frisch aus meinen trüben Gedanken gerissen. »Vielleicht sollten wir Marie auch etwas essen lassen, wenn wir sie schon dazu eingeladen haben.«

Ich hatte den Satz noch nicht beendet, da spürte ich es. Unter dem Tisch legte Marie ihre Hand auf meine.

Sie sagte: »Ich hatte einen Mann. Leider ist er gestorben«, und ich erstarrte. Meine Mutter klappte den Mund auf und wieder zu, mein Vater ließ den Blick auf seinen Teller sinken. Marie drückte meine Hand fester, dann strich sie behutsam mit dem Daumen über meine angespannte Haut.

Gestorben, dachte ich, noch bevor ich den irrationalen Stich ignorierte, den mir die Tatsache ver-

setzte, dass Marie hier am Tisch etwas erzählte, von dem ich nach fast drei Monaten nichts geahnt hatte, nicht das Mindeste.

Ich sah Marie an. Ich wollte alles wissen. Alles.

Meine Mutter räusperte sich lautstark und bemühte sich dann, das Gespräch auf Maries ungepflegten Vorgarten zu lenken, den schon Ebba Hendrik vernachlässigt hatte. Offenbar entsprach es nicht ihrer Vorstellung von nachbarschaftlichem Small Talk, über verstorbene Partner zu plaudern.

Ich schluckte meine Fragen hinunter. Wer war er gewesen, wie war er gestorben, war sie deshalb hierhergekommen, weit weg von zu Hause? Liebte sie ihn noch?

Marie schob ihre Finger zwischen meine, und augenblicklich war mein Hirn wie leer gefegt. Diese simple Berührung setzte zu einer waghalsigen Karusselfahrt durch meinen Körper an. Das Gespräch bei Tisch, es spülte an mir vorbei wie Wasser an Steinen. Meine gesamte Aufmerksamkeit wurde von einem winzigen Punkt unter der Tischplatte in Anspruch genommen.

Da hatte ich wochenlang versucht, mich nicht darauf zu konzentrieren, nicht daran zu denken, was Marie in mir auslöste, und nun reichte eine harmlose Geste, um mich völlig aus dem Konzept zu bringen.

Ich überlegte, was ich als Nächstes tun sollte – die Hand wegziehen, ja, nein? –, und eine ganze Weile

saß ich nur da und rührte mich keinen Millimeter. Katleen hatte längst ein anderes Thema angerissen, Jannis bombardierte meinen Vater mit seiner Meinung zum Ausgang des Fußballspiels, unter der Tischplatte hielten Marie und ich uns schweigend aneinander fest, als wären wir Kinder.

Nur dass ich mich kein bisschen wie ein Kind fühlte in diesem Augenblick.

Ich drehte meine Hand, sodass die Innenfläche nach oben zeigte, und überließ Marie den nächsten Schritt. Einige Sekunden lang geschah gar nichts, dann bewegte sie ihre Finger, ganz sacht. Streichelte die zarte Haut, fuhr mit den Nägeln zwischen die einzelnen Glieder, bevor sie unsere Hände miteinander verwob.

Es war dieser Moment, die Sekunden voll von verbotenem Herzklopfen, voller Prickeln, das meinen gesamten Körper zu durchlaufen schien, in dem mir klar wurde, warum ich diesen Schritt nicht hatte gehen wollen, diesen winzigen, unwiderruflichen Schritt.

Weil es von hier aus kein Zurück mehr geben würde.

Die Zeit mit Marie, sie trennt mein Leben in zwei Hälften – den Teil vor Marie und den danach. Das Dazwischen war schmal, intensiv und schmerzvoll. Flüchtig wie ein Regenbogen, nachhallend wie ein Schuss. Es war, als hätte ich innerhalb einer Zeitspanne, die kaum der Rede wert war, mein Ich von innen nach außen gekehrt, mich unwiederbringlich in eine andere verwandelt. Von jemandem, über den ich wenig wusste, in eine Person, der ich noch nie begegnet war. Wer war Vida Holt? Die Tochter von Eva und Reink, Verlobte von Jannis, Schwester von Zander, versierte Bäckerin mit einem unzweifelhaften Organisationstalent, eine junge Frau mit blonden Haaren, grauen Augen, blasser Haut, die nie auf die Idee gekommen war, ihr Leben zu hinterfragen, es nie für nötig gehalten hatte, in sich hineinzusehen, zu erspüren, was ihr wichtig war, wonach sie sich sehnte. Hätte ich mich damals, vor Marie, selbst beschreiben müssen, ich hätte von Beständigkeit gesprochen, von Schnörkellosigkeit, davon, dass Veränderung nicht unbedingt mit Verbesserung einherging, weshalb sollte sie? Ich hätte auf Vernunft gepocht, vielleicht auf Verpflichtung, auf Dankbarkeit? Ich hätte gesagt: Ich, Vida Holt,

bin mit meinem Leben rundheraus zufrieden, denn warum sollte ich es nicht sein?

Ja – warum nicht?

Ohne Anstrengung drang Marie in diese Blase aus Bequemlichkeit und Ignoranz und brachte sie zum Platzen.

Sie berührte mich mit ihrem Zauber, und ein Teil von mir verschwand.

ZWEITER TEIL

Es ist seltsam, woran wir uns erinnern. Daran, dass Merle Hansen einmal sagte, ihr Mann könne gut Fisch ausnehmen, darüber hinaus könne er gar nichts. Daran, dass eines der Schafe den alten Osmer in den Hintern biss, als er versuchte, es zu scheren. Ich würde nie den Augenblick vergessen, in dem Marie unter dem Esstisch meine Hand streichelte. Aber ich konnte mich beim besten Willen nicht daran erinnern, wann ich mich in den Mann verliebt hatte, den ich vorhatte zu heiraten.

Ich ging ans Meer in dieser Nacht. Schlich mich aus dem Haus, lief einmal über die Insel an ein Stück Strand, an dem ich noch nicht mit ihr gewesen war. Versuchte, den Istzustand zu analysieren und einen Ausgang aus der Spirale zu finden, in die ich mich eingedreht hatte. Ich war mit Jannis zusammen. Ich würde Jannis heiraten. Sich auszumalen, wie es wäre, von einer anderen Person an anderen Stellen berührt zu werden als an den Fingergelenken, war diesem Umstand nicht eben förderlich. Zumal allein der Gedanke mich in Flammen aufgehen ließ, wie ein Büschel Gras, dem man nach extremer Dürre mit einem Streichholz zu nah kommt.

Ein winziger Funke, dachte ich.
So einfach konnte es unmöglich sein.

Nachts, wenn der Himmel die gleiche Farbe hat wie das Meer, kommt einem die ganze Welt unendlich vor. Ich stand am Wasser und lauschte dem Ozean, wie ich es schon Tausende Male getan hatte. Hätte ich geahnt, dass er mir irgendwann eine Meerjungfrau als Antwort schicken würde, ich hätte ihm keine Fragen gestellt.

Später, in meinem Zimmer, schlug ich den Begriff nach.
Meerjungfrau.
Fabelwesen.
Seelenlos.
Verdammt.
Kann durch Liebe zu einem Menschen erlöst werden.

Da und dort beschloss ich, dass ich unmöglich der Mensch sein konnte, der Marie erlöste. Ich war ja nicht einmal sicher, ob ich mich selbst retten konnte.

Ausgerechnet Katleen Nickel entpuppte sich als die Person, die den Anstoß gab. Sie tauchte bei uns auf, ein in Plastik verpacktes Brautkleid über dem Arm, Marie im Schlepptau.

»Marie hat angeboten, dein Kleid anzupassen«, erklärte sie. »Es ist durchaus praktisch, jemanden auf der Insel zu haben, der sich mit Näharbeiten auskennt.«

Ich sah Marie an, sie lächelte mir zu.

Katleen beharrte, jetzt sei ein günstiger Augenblick, denn dann bliebe noch ausreichend Zeit, das Kleid umzunähen, bevor sie es sorgfältig reinigen und stärken wollte. *Du hast doch sicher einen Moment, um es anzuprobieren?*

Ich versuchte, die Augen geschlossen zu halten und mich auf etwas anderes zu konzentrieren. Nicht auf Maries Hände, die über den knisternden Chiffon strichen, nicht auf ihren Atem, der meine Haut im Nacken elektrisierte, während sie meinen Rücken vermaß. Ich spürte die Blicke von Katleen und meiner Mutter auf mir und versteifte mich zusätzlich. Marie arbeitete eine ganze Weile schweigend vor sich hin, bevor sie den beiden mitteilte, es könne

noch eine Weile dauern und sie werde sie rufen, sobald sie fertig war.

Als die Wohnzimmertür hinter meiner Mutter ins Schloss fiel, öffnete ich die Augen und blickte in die von Marie.

»Du wirst wunderschön aussehen, wenn ich mit diesem Monstrum fertig bin.«

Sie ging vor mir auf die Knie, um den Saum anzuheben. »Hier müssen wir kürzen. Zehn Zentimeter mindestens, vielleicht zwölf.« Sie rieb den Stoff zwischen den Fingern, weit entfernt von meiner Haut, und dennoch spürte ich die Berührung, sie ritt auf einer Welle von Adrenalin durch meinen Körper.

»Das hier muss auch weg.« Sie stand auf und fasste nach der Spitze, die sich um den Rundhalsausschnitt des Kleides rüschte. »Du solltest mehr von dem zeigen, was sich darunter verbirgt, als es hinter diesen kitschigen Stofffetzen …«

Ich weiß nicht, warum ich es tat. Vielleicht wollte ich, dass Marie aufhörte zu sprechen, vielleicht tat ich es, weil ich nicht anders konnte, vielleicht wollte ich es einfach immer schon tun, mein ganzes seltsames Leben lang. Ich griff nach Maries Hand und schob sie in meinen Ausschnitt. Und dann, als sich ihr Mund vor Überraschung einen Spaltbreit öffnete, beugte ich mich vor und presste meine Lippen auf ihre.

Es war kein richtiger Kuss. Nicht in den ersten Sekunden. Es war, als habe jemand auf Pause gedrückt, kurz vor dem Höhepunkt des Films. Die Stimme meiner Mutter drang dumpf in mein Bewusstsein, sie unterhielt sich in der Küche mit Katleen. Geschirr klapperte. Ich stellte mir vor, wie sie Tassen und Teller auf ein Tablett drapierte und wie sie dann, in zwei Minuten oder in fünf, damit durch die Tür polterte, Sekunden bevor ihr das ganze Ding aus den Händen flog.

Ich hörte nichts mehr, als sich Maries Finger um meine Brust schlossen. Als sie mit dem Daumen über die raue Erhebung strich, sehr, sehr sanft. Als sie dann die andere Hand auf meinem Rücken spreizte, um mich näher an sich zu drücken. Eine Sekunde lang erschrak ich über die Eindeutigkeit dieser Geste, in der nächsten hatte ich mich damit arrangiert, griff meinerseits nach Maries Gesicht, schob meine Zunge zwischen ihre Lippen.

Und dann war nichts Vorsichtiges mehr an diesem Kuss, nichts Zärtliches, es war, als hätte keine von uns je von Zurückhaltung gehört, das hier, das war wild und ungestüm. Als habe derjenige, der vorhin den Pausenknopf drückte, nun statt auf *Play* versehentlich auf *Vorspulen* geklickt.

Meerjungfrauen. In der Kunstgeschichte oft mit Wollust in Verbindung gebracht.

Ich ließ meine Hände wandern, über Maries Hals

zu ihren Brüsten, doch noch bevor ich dort ankam, riss jemand die Tür auf und Marie mich herum, sodass ich mit dem Rücken zu meiner Mutter stand und Marie gleichzeitig vor ihren Augen verdeckte.

»Ich habe Tee für euch«, hörte ich sie rufen, die Stimme unverändert, sie hatte nichts bemerkt. »Wie weit seid ihr zwei denn schon?«

Unverwandt sah ich Marie an, sie biss sich auf die Unterlippe, und ich hielt mir die Hand vor den Mund, um nicht laut loszulachen. Vor Erleichterung. Verwunderung. Vor bodenlosem Staunen.

Ich konnte es nicht erwarten, es wieder zu tun. Jeden Zweifel, den ich je hatte, hatte Marie aus mir herausgeküsst.

Ich erinnerte mich nicht daran, wann ich mich in Jannis verliebt hatte, doch ich hatte noch sehr deutlich den Moment vor Augen, in dem wir beschlossen zu heiraten. Jannis hatte auf mir gelegen, und ich war mit den Gedanken gereist. Ich weiß nicht mehr genau, wohin, nur, dass ich weit fort gewesen war.

»Was, wenn wir das Kondom weglassen?«, hatte er gefragt.

»Was?« Als habe mich die Frage in die Gegenwart, in dieses Bett, zurückgeholt, spürte ich zum ersten Mal deutlich Jannis' Haut an meiner, wie er über die empfindlichste Stelle strich, feucht und ohne den rutschfesten Widerstand eines Gummis. Instinktiv drückte ich mein Becken in die Matratze, doch Jannis folgte der Bewegung, schob sich in mich, ein winziges Stück nur.

»Warte.« Ich sah ihn an. »Ich will nicht schwanger werden. Jetzt noch nicht.«

Jannis seufzte. »Du wirst auch nicht jünger, Vida.«

»Ich bin siebenundzwanzig!«

»Genau das meine ich.«

Ich berührte seine Schulter, und er ließ sich

widerstandslos von mir wegschieben und neben mich fallen.

Ich drehte ihm mein Gesicht zu. »Ich bin noch nicht so weit.«

»Dann lass uns wenigstens schon mal heiraten«, sagte er.

Am Morgen nach dem Tag, an dem ich zum ersten Mal eine Frau geküsst hatte, begann ich zu lügen.

Ich wand mich aus Jannis' Nähe, verbrachte wieder mehr Nächte in meinem Elternhaus. Die anderen hielten das vielleicht für eine Art Torschlusspanik, oder sie dachten sich gar nichts dabei, weil es sie nicht interessierte. Auf N. war man nie wirklich weit voneinander entfernt, egal, wo man übernachtete. Ich wusste es nicht und es war mir egal. Für mich gestaltete sich die Welt in jenen Tagen höchst eindimensional. Es war, als hätte ich einen Tunnel betreten, ich konnte nur noch in die eine Richtung gehen.

Ich träumte von Maries Lippen. Von dem Duft, den sie verströmte, und der Aufregung, nach der sie schmeckte. Ich sah ihre Rundungen, überall dort, wo ich keine hatte, und spürte die Wärme, die von ihr ausging. Ich dachte sie herbei, während ich aus dem Küchenfenster auf ihr Haus starrte, die Hände in einer Schüssel Brotteig vergraben.

Die Eingangstür öffnete sich, und sie schwebte heraus, rote Stiefel, jetzt, wo es geschneit hatte, darüber einen türkisfarbenen Mantel, immer noch zu dünn. Irgendwann würde ich sie fragen, seit wann

sie die Kälte nicht mehr spürte. Irgendwann würde ich sie fragen, was mit ihrem Mann passiert war. Für diesen Moment aber erfüllte es mich voll und ganz, in ihr lächelndes Gesicht zu sehen und auf die Ladenglocke zu warten, die ankündigte, dass sie auf dem Weg zu mir war.

Ich bereue nichts von dem, was in diesen Tagen geschah, ich bringe es nicht über mich. Aber ich habe viel darüber nachgedacht, wie es zu dem kommen konnte, was in den darauffolgenden Wochen passierte, wie ich zu der Person wurde, die alles zerstörte – mein Leben, das meiner Eltern, das von Marie.

An Zander möchte ich nicht einmal denken.

Ich habe mich oft gefragt, wie mein Leben verlaufen wäre, hätte mein Bruder nie die Insel verlassen. Wäre ich an seiner Stelle gegangen? Hätte nach einem Leben außerhalb von N. gesucht? Wäre nie mit Jannis zusammengekommen, hätte nie auf Marie gewartet? Denn ich war mir sicher, das hatte ich. In jenen Tagen war ich zu einhundert Prozent davon überzeugt, ich hatte nur auf sie gewartet, war allein deshalb geblieben, war überhaupt nur ihretwegen da.

Es war verrückt.

Genauso verrückt, wie in eine Röhre zu kriechen, ohne das Licht an deren Ende zu sehen. Etwas so

Waghalsiges zu tun, so leichtsinnig zu sein, das klang überhaupt nicht nach mir, sondern viel mehr nach dem, was Zander tun würde.

Mein Bruder und ich hätten unterschiedlicher nicht sein können, und das beschränkte sich nicht auf Äußerlichkeiten. Wo Zander dunkel war, war ich hell, und darüber hinaus war er der Abenteurer von uns beiden, derjenige, der schon als Kind von einem aufregenden Leben weit weg von N. geträumt hatte und sich diesen Traum erfüllte, sobald er dazu imstande war. Mein Bruder besaß Selbstvertrauen und Mut im Übermaß, als hätten meine Eltern es ihm als Kind mit dem Haferbrei eingeflößt, während sie mir Ausdauer und Geduld und Anhänglichkeit anfütterten. Ich bin sicher, dass ich mich den größten Teil meiner Kindheit hinter den Beinen meiner Mutter versteckte, wenn Touristen in den Laden kamen, um einzukaufen oder um sich mit einem Kaffee auf die Plastikstühle vor unserem Haus zu setzen.

Ich erinnere mich auch daran, wie ich von dieser Position aus dem drei Jahre älteren Zander dabei zusah, wie er auf jeden Einzelnen dieser Gäste zuging und sie ohne Scheu unterhielt. Wie meine Mutter, ebenso aufbrausend und laut wie ihr Sohn, ihn dazu ermunterte, seine Tricks mit dem Fußball vorzuführen, und lachte, wenn er ihr einen genervten Blick zuwarf. Ich erinnere mich, dass sie mich unbewusst

von sich wegschieben wollte, und wie ich dies nicht zuließ. Wie sie mich dann ansah und sagte: *Ach, Vida. Du bist wie eine dieser Kletterpflanzen, die sich um alles schlingen und nie wieder loslassen, bevor sie es nicht erstickt haben.*

Das bin ich bis heute, nehme ich an. Nach meinem fatalsten Fehler gefragt, würde ich exakt dieses Bild beschreiben. Dieses Bild, und wohin es mich führte.

Marie wollte die Nordlichter sehen. Deshalb war sie in den Laden gekommen. Von meinem Platz in der Küche konnte ich hören, wie sie meine Mutter in ein Gespräch verwickelte – darüber, dass dieser Tag ein großartiger dafür sein sollte, sie habe es im Radio gehört. Dass man im Norden der Insel doch sicher den besten Blick darauf hatte und ob es in unserem Haus noch einen Schlafsack gebe, den sie ausleihen konnte, denn nachts würde nicht einmal sie der Kälte standhalten wollen.

»Die Polarlichter? Darauf kannst du hier lange warten.« Meiner Mutter war ihre gönnerhafte Überlegenheit deutlich anzuhören. »Wenn überhaupt, siehst du einen kaum wahrnehmbaren Streifen am Horizont, der genauso gut Einbildung sein könnte.«

»Ich würde es trotzdem gern versuchen«, erklärte Marie freundlich. »Vida, kommst du mit?«

Ich lächelte Marie zu, während ich mir vorstellte, wie wir uns eng aneinander in unsere Schlafsäcke vergruben, um in den mutmaßlich grauen Himmel zu starren, wie wir uns küssten, wieder und wieder, und was meine Mutter sagen würde, wenn sie wüsste, was ich mir gerade in expliziten Farben aus-

malte, in Farben, die absolut nichts zu tun hatten mit der *Aurora borealis*.

Natürlich wollte ich mitkommen, sagte ich Marie. Und dass ich genau den richtigen Ort für uns wüsste.

Nach Einbruch der Dunkelheit führte ich sie zu den nördlichen Klippen und von dort ein Stück den Steilhang hinunter auf einen breiten Felsvorsprung. Er war nicht sonderlich schwer zu erreichen und ein beliebter Picknickplatz, doch jetzt, nach Sonnenuntergang und nur von einem grauen Himmel beleuchtet, kaum einzusehen. Er bot Schutz vor Wind, einen Blick aufs Meer und die nötige Enge, um Marie so nah zu sein, wie ich es wollte.

Wir teilten uns einen Schlafsack, und es geschah hier, zum allerersten Mal, unter einem schwarzen Himmel ohne den Hauch eines Polarlichts, mit umso mehr Funken, die durch diese kleine Blase stoben, den Mikrokosmos aus Marie und mir. Sie berührte mich auf eine Weise, auf die ich noch nie zuvor berührt worden war, und sie milderte den Schock, den sie verursachte, durch die Selbstverständlichkeit, mit der sie es tat. Sie nahm mir jede Scheu und jeden Zweifel. Sie gab mir das Gefühl, als sei ihre Hand genau dort, wo sie unzweifelhaft hingehörte, und ihre Lippen exakt da, wo sie immer schon hatten sein wollen. Ganz kurz nur, mit dem letzten Rest Verstand, fragte ich mich, ob ich all das

wirklich wollte. Nichts würde danach sein, wie es war, das Meer nicht, die Wolken nicht, der Wind nicht, Jannis nicht. Nichts. Oder vielleicht würde alles so sein wie immer, bloß ich nicht. Maries Hände hatten Stellen erforscht, die tiefer lagen als Haut … und nichts würde dies je wieder ungeschehen machen können. Nichts und niemand.

Wir lagen nebeneinander und sahen in den wolkenverhangenen Himmel. Kein Mensch würde glauben, dass es in dieser Nacht Polarlichter zu sehen gab, auch meine Mutter nicht.

Ich fragte Marie, ob sie es schon oft getan hatte.

Ja, sagte sie. *Habe ich.*

»Aber du warst verheiratet?«

Ein Zögern. »Ich habe einen Mann geheiratet, doch das heißt nicht, dass ich niemals mit einer Frau zusammen gewesen bin. Ich habe das nicht nach Geschlecht entschieden. Das habe ich nie.«

Marie drehte mir ihr Gesicht zu, ich sah sie an. Mein Schenkel berührte ihren, und ich dachte daran, wie warm sie war. Und dass ich mir nie vorgestellt hatte, wie es sein würde, eine Meerjungfrau zu berühren, bis ich es tat, um dann überrascht festzustellen, sie war warm.

»Er ist ertrunken. Bei einem Segelausflug. Er ging über Bord und ist nie wieder aufgetaucht.«

»Das tut mir so leid, Marie.«

Marie erwiderte nichts, und ich hätte es gern dabei belassen, doch ich konnte es nicht. Vielleicht, weil sie mir so nah war wie nie zuvor. Vielleicht, weil ich zum Klammern neigte, wie meine Mutter gesagt hatte, und wenn dir jemand so nah war, durfte er kein Fremder bleiben.

»Wie …«

»Ich weiß nicht, Vida. In einem Moment war er an Deck, und als ich ein paar Minuten später aus der Kajüte nach oben kam, war er verschwunden. Georg. Sein Name war Georg.«

»Und du warst mit auf dem Boot?«

Sie musste nicht antworten, ich sah es ihr an. Die tiefe Traurigkeit, und dann noch etwas.

»Es gibt immer mehrere Versionen von dir«, sagte sie schließlich. »Die ursprüngliche, und dann die, die in den Köpfen der Menschen existiert.«

Ich brauchte eine Sekunde, um zu verstehen, was sie damit meinte. »Die Leute wollten nicht glauben, dass er über Bord gegangen ist?«

»Sie wollten nicht glauben, dass es ein Unfall war.«

»Himmel.« Ich drehte den Kopf, starrte in die Wolken, doch ich drückte fest Maries Hand. »Wie können sie so etwas glauben?«

»Er war ein guter Segler. Sehr erfahren. Er war …« Maries Stimme brach, und ich setzte mich auf, um in ihre Augen zu sehen. Es schwamm so viel Traurig-

keit darin und so viel Liebe, und ich fühlte einen Stich, der gänzlich unpassend war.

»Bist du deshalb hergekommen? Um zu vergessen?«

»Nein.« Marie schüttelte den Kopf. »Das genaue Gegenteil ist der Fall.«

Ich wollte sie fragen, wie er gewesen war, ihr verstorbener Mann, ob sie ihn für ihre große Liebe hielt und warum, weshalb sie ihn geheiratet hatte und wie, aber ich traute mich nicht. Es tat weh, in Wunden zu rühren, und nichts wollte ich weniger, als Marie wehzutun.

Doch ich hätte gern gewusst, ob sie ein blaues Kleid getragen hatte, eins mit Pailletten besetzt.

Meine eigene Hochzeit kam mir ebenso nebulös vor wie die von Marie. Meine Mutter, frisch aus ihrer Lethargie erwacht, schmiss sich in die Vorbereitungen – vielleicht, weil sie wusste, dass sie zur Feier Zander wiedersehen würde. Ich hatte keine Ahnung, woher dieser Gedanke kam. Er war gemein, doch er war da.

Katleen und Eva planten die Feierlichkeiten jetzt auf Hochtouren. *Wir brauchen eine Torte, die wir bestellen und dann in Lagen einfrieren können, um sie später wieder übereinanderzustapeln.* Ich war die geübteste Bäckerin auf der Insel, doch ich konnte schlecht meine eigene Hochzeitstorte backen, da waren sich alle einig. Alle, außer mir, der es erstaunlicherweise am wenigsten wichtig schien, wie die Hochzeitstorte aussehen würde oder wer sie buk. Offensichtlich war mir gar nichts wichtig, immerhin würde ich in dem Kleid einer anderen heiraten.

Dieses Fest. Mir war nicht klar, was sie sich vorstellten. Alle Feierlichkeiten auf N. liefen gleich ab, wie eine Fernsehshow, die sich bis auf die Protagonisten in nichts von der aus dem Vorjahr unterschied. Seit ich alt genug war, um zu laufen, hatte ich jede Hochzeit auf der Insel erlebt, und es war immer

dasselbe: Pfarrer Behrendt wurde zu einem bestimmten Termin vom Festland zu uns beordert, die Trauung fand im Gemeindesaal oder bei schönem Wetter in den Ruinen der alten Kapelle statt. Danach stieg eine Party, Fietje spielte Akkordeon, es wurde getrunken, bis niemand mehr gerade gehen konnte, und am nächsten Tag war alles wie immer.

Bei Jannis und mir würde es nicht anders sein. Und weil das so war, hielt auch er sich bei den Vorbereitungen zurück, mehr noch: Es war seine Idee gewesen zu heiraten, doch wie selbstverständlich ging er davon aus, dass die Frauen um ihn herum sich um die Planung kümmern würden, was sie genauso selbstverständlich taten. Es fehlte ihm an Enthusiasmus, das war nicht zu übersehen. Zumindest ich sah es, die ich in jenen Tagen nicht nur mich hinterfragte, sondern auch ihn.

Ich versuchte herauszufinden, wie es um meine vorhochzeitlichen Gefühle bestellt sein würde, wäre Marie nie auf die Insel gekommen. Hätte ich nie Zeit mit ihr verbracht, sie nie geküsst, hätte ich mich nie so gefühlt, wie ich es tat, wenn sie mich ansah – würde ich mein Leben auf diese Weise auf den Prüfstand stellen, wie ich es gerade tat?

Die Antwort lautete Nein, und ich kannte sie, noch bevor ich mir selbst die Frage gestellt hatte.

Bis zu diesem Zeitpunkt hatte ich nie das Bedürfnis, die Menschen um mich herum anzuzweifeln.

Ich nahm sie, wie sie waren – meine Eltern, die Nachbarn, Katleen und Jannis natürlich. Jetzt fragte ich mich, mit welcher Selbstverständlichkeit sie alle über mich entschieden und wann mir der Mann, der mich heiraten wollte, das letzte Mal das Gefühl vermittelt hatte, es verbinde uns mehr als eine gemeinsame Kindheit. Die Wahrheit lautete: So war es nicht zwischen uns, so war es nie gewesen. Jannis war kein emotionaler Mensch, und ich war es auch nicht.

Der Gedanke war erschreckend, doch auf einmal war er da: Das einzige Mal, dass ich Jannis' Gefühle in seinem Gesicht hatte lesen können, war der Tag gewesen, an dem sein Vater beerdigt worden war. Mit vierundfünfzig einfach tot umgefallen. Lautstark hatte Katleen ihr Leid in die Welt geschleudert, ihr Sohn dagegen wurde vom stummen Schock aufgefressen. Und zum allerersten Mal in den bis dahin zweiundzwanzig Jahren hatte ich eine Seite an Jannis beobachtet, die ich bisher nicht kannte.

Nun überraschte mich im Grunde nichts mehr.

Ich selbst war die Einzige, die mich noch aus dem Konzept bringen konnte.

Ich begann damit, Marie mit Jannis zu vergleichen. Und kam zu dem Schluss, dass dies so gut wie unmöglich war. Wenn ich darüber nachdachte, ob ich Jannis betrog, sagte ich mir genau das: Wie konnte ich ihn um etwas betrügen, das wir beide niemals hatten?

Ich schlief im Nachthemd. Manchmal zog Jannis mir das Hemd gar nicht erst aus, schob nur den Stoff nach oben. Wann hatte er mich zuletzt angesehen, so, wie Marie mich ansah? Wann hatte er mich je auf diese Weise angefasst? So, wie ich es neuerdings tat, wenn ich alleine in meinem Zimmer lag, wenn ich zerfloss vor Sehnsucht, obwohl ich lieber nicht wissen wollte, wonach?

Dann lass uns wenigstens heiraten, hatte Jannis gesagt.

Und meine Antwort war *okay* gewesen.

»Hörst du das Meer?«

»Ich höre deinen Herzschlag.«

»Dann heb den Kopf.«

Ich nahm die Wange von Maries Brust und lauschte in die Stille. Ließ die Hand auf ihrem Bauch. Schloss die Augen. Spürte Maries Wärme, sog ihren Duft ein, vergaß, weshalb ich mich ursprünglich bewegt hatte.

War ins Haus geschlichen. Raus aus meinem, durch die Hintertür in das von Marie. Ich war die Frau ohne Geheimnisse gewesen, bevor Marie in mein Leben trat. Nun fühlte ich mich wie das personifizierte Geheimnis, und der einzige Mensch, vor dem ich keines mehr hatte, war sie.

»Und?«

»Ich höre es.«

»Ich liebe das Geräusch der Wellen. Es ist, als würde mir jemand Geschichten ins Ohr flüstern.«

»Was für Geschichten?« Ich ließ den Kopf wieder sinken. Fuhr mit der Hand ihre Hüfte entlang.

»Kommt ganz auf die Stimmung an. Ob es dröhnt, im Echo einer Höhle beispielsweise. Oder gurgelt, tief und furchterregend, während es seine Wellen über den Kiesel zieht. Oder rauscht, mit voller Wucht, gegen Felsen und Strand.«

»Klingt nach einem ganzen Buch.«

»Ja, vielleicht. Ein ganzes Buch voller Abenteuer.«

»Ich werde das Meer niemals wieder mit anderen Augen sehen können als mit deinen«, sagte ich. Dann legte ich mich auf sie, der Länge nach, wie ein Magnet, der sich exakt an die Silhouette seines Gegenstücks schmiegt. »Und ich wünschte, du könntest dich mit meinen Augen sehen.«

Veränderung lag in der Luft wie der Abschied des Winters, den wir mit jedem Atemzug schmeckten. Sie machte sich im Kleinen bemerkbar, und ich verzehrte mich nach ihr. Ich spürte es deutlich, als Katleen mich fragte, wann Marie mit dem Umnähen des Kleides fertig sein würde, wann wir uns endlich auf einen Termin festlegten, als sogar Jannis anbot, mit Zander sprechen zu wollen, um das leidige Thema ein für alle Mal vom Tisch zu fegen. Ich stieß mich nicht einmal an seiner Formulierung. Mich beschäftigten ganz andere Dinge.

Ich liebte Marie. Nie war ich mir sicherer gewesen. So kontrolliert und langsam, wie sich die Beziehung zwischen Jannis und mir entwickelt hatte, so ungebremst verliebte ich mich in Marie.

Sie war noch kein halbes Jahr auf der Insel. Ich kannte nur das von ihr, was sie mir zeigen wollte. Wie sehr sie das Wasser liebte und ihre Freiheit und die Tatsache, dass sie sich für N. entschieden hatte, um ihr Leben neu zu ordnen. Von Georg sprach sie wenig, eigentlich so gut wie nie. Und ich fragte nicht nach ihm. Wovor genau ich mich fürchtete, wusste ich selbst nicht. Vielleicht wollte ich sie nicht traurig sehen. Oder über jemanden sprechen hören, den sie

womöglich immer noch liebte. In diesen Tagen der Erkenntnis gab es keine Vergangenheit und keine Zukunft, es gab nur das Hier und Jetzt, das Leben im Augenblick, nur Marie und mich, nichts davor, nichts danach.

Wenn mir Zweifel kamen, versuchte ich sie wegzuwischen. All die Gedanken an Jannis, an die bevorstehende Hochzeit, die Katleen und meine Mutter nach wie vor behandelten, als hinge ihr eigenes Glück davon ab. Vielleicht tat es das sogar. Womöglich war es für beide Frauen elementar in ihrer Lebensplanung, dass die Kinder den Weg einschlugen, den sie zuvor ausgetreten hatten, nicht nur für meine Mutter. Sie war auf die Insel gekommen – und geblieben –, doch auch Katleen hatte ihre eigenen Bedürfnisse hinter die ihres Sohnes gestellt. Und nun würden Jannis und ich das Leben leben, das unsere Eltern für uns angelegt hatten, womit deren Entscheidungen ihre eindeutige Rechtfertigung fanden.

Der Termin, der Termin. Mehr und mehr wurde Zander bedrängt. Von ihm und seinem Terminkalender hing ab, wann Jannis und ich uns vermählen würden, so grotesk das für manche klingen mochte. Für uns tat es das nicht. Zander war nun mal der Einzige in unserer Familie, der tatsächlich einen Terminkalender besaß. Er war wichtig, sogar

an meinem Hochzeitstag. Er war nie da, und doch immer so wichtig gewesen in meinem Leben.

»ICH WÜRDE DICH GERN in deinem Brautkleid fotografieren«, sagte sie. »Unterwasser.«

»Vor oder nach der Hochzeit?«

»Es wird das Kleid nicht ruinieren. Es trocknet wieder.«

»Schade eigentlich.«

Marie lachte.

Ich sagte: »Katleen wird ausrasten, wenn sie das mitbekommt.«

»Katleen muss es nicht erfahren. Wir zeigen ihr die Fotos einfach nicht.«

Ich sah Marie an, in dem schummrigen Nachtlicht, das durch das Fenster aufs Bett schien. Es war nach wie vor eiskalt in diesen Nächten, doch wir glühten, als habe jemand in unserem Inneren ein Feuer entfacht.

»Unterwasser?«

»Nackt Unterwasser zu posieren, das ist erotisch«, sagte sie, »es mit Stoff zu tun, das ist Magie. Wenn sich das Kleid um deinen Körper bauscht, wenn es sich anschmiegt oder auftreibt, wenn es das Wesentliche der Vorstellungskraft überlässt.«

»Also gut. Wenn es das Kleid nicht überlebt, wird eben nicht geheiratet.«

Ich hatte es im Scherz gesagt, aber hatte ich es auch als Spaß gemeint? Marie und ich sprachen so gut wie nie über Jannis oder darüber, dass es falsch war, wie wir uns verhielten, generell, ihm gegenüber im Speziellen. Im Nachhinein ist es beinah unvorstellbar, wie selbstverständlich wir taten, was wir taten, hinter dem Rücken aller. Ohne uns schuldig zu fühlen, ohne schlechtes Gewissen. Ich meine, ich war diejenige, die heiraten wollte, nicht Marie. Und doch konnte ich mich nicht dazu bringen, darüber nachzudenken, welche Folgen mein Handeln zwangsläufig haben würde; es nagte an mir, das ja, im staubigsten Winkel meines Bewusstseins. Ich war mutig genug gewesen, diesen ersten Schritt auf Marie zuzugehen, aber nicht waghalsig genug, um zu springen. Ich lebte im Hier und Jetzt, ohne Vergangenheit, ohne Zukunft, ich erwähnte es bereits. Allerdings konnte ich mir nur so lange einreden, dass ich nach wie vor in mein altes Leben passte, bis es an jedem einzelnen Ende zu scheuern begann.

Die Veränderungen schlichen lautlos heran, doch am Ende waren sie unüberhörbar. Ich erinnere mich an einen Nachmittag, als ich mich früher als sonst aus dem Laden verabschiedete, um ins Nachbarhaus zu laufen, und mein Vater mir vom Küchenfenster aus hinterhersah. Er war so gut wie nie in dieser Küche. Er musste extra dort hineingegangen sein, um die bestmögliche Aussicht auf Maries Eingangstür zu haben, und ich fragte mich, warum. Mein Vater hatte sich nie ausufernd für das interessiert, was ich tat. Und doch spürte ich seine Blicke auf mir, während ich die Treppe zu Maries Haus nach oben lief.

Vielleicht, dachte ich, war mein Verhalten in diesen anfänglichen, aufgeregten Tagen das Spannendste, was ich je getan hatte. Ich war nicht in die große Stadt gegangen, wie mein Bruder. Ich war auch nicht geblieben, um so etwas Zukunftsträchtiges anzustoßen wie Jannis' Großvater, als er die Spinnerei auf die Insel brachte. Ich lebte hier, unter dem Dach meines Elternhauses, ich arbeitete, schlief, verlobte mich, arbeitete; ich ließ nicht wie eine Büroangestellte beim erstbesten Glockenschlag den Teig auf die Arbeitsplatte fallen, um nach draußen

zu rasen; ich verabschiedete mich nicht am Sonntagmorgen für eine Radtour ins Grüne; ich tat nichts von alldem, das war einfach nicht ich.

Und nun war ich es auf einmal, all das – die neue Vida.

Die, der der Vater durchs Fenster nachstarrte, die Stirn in Falten gelegt, mit den unergründlichsten Gedanken dahinter.

ICH WAR NICHT MEHR ICH und meine Mutter weniger subtil darin, ihren Unmut darüber zu äußern. Ihre Bemerkungen, spitz und gezielt, richteten sich wahlweise gegen mein mangelndes Engagement, was die Hochzeit anbelangte, als auch gegen die allgemein zu vermissende Hingabe meinem Zukünftigen gegenüber.

Katleen sagt, Jannis wird von Tag zu Tag stiller. Er vergräbt sich in Arbeit, doch es ist ihm anzusehen, dass es ihm nicht gefällt, wie wenig Zeit ihr noch miteinander verbringt.

Was soll dieser Unsinn, dass du dauernd hier übernachtest? Wirst du plötzlich sentimental, weil du es nach der Hochzeit nicht mehr tun wirst? Es liegen dreihundert Meter zwischen unserem Hof und dem der Nickels, sei also bitte nicht albern, Vida!

Was macht ihr eigentlich die ganze Zeit, wenn ihr die Köpfe zusammensteckt, du und Marie? Das würde ich wirklich gerne wissen.

Ich bin nicht sicher, was meine Mutter sich vorstellte, ob sie etwas ahnte oder es für so abwegig hielt, dass sie keinen ernsthaften Gedanken daran verschwendete. Doch nach einem ihrer besonders

eindringlichen Vorträge ging ich zu Jannis, um den Abend mit ihm zu verbringen. Ich hatte nicht erwartet, dass wir uns streiten. Das hatten wir früher nie getan.

Es war nicht seine Schuld. Es war meine.

Wir saßen beim Essen, und er kaute zu laut.

Er erzählte von Hajo, und dass ihm eines der Rinder verloren gegangen war, *einfach tot umgefallen auf der Weide,* und es interessierte mich nicht.

Er sagte, er müsse demnächst die Schafschur angehen, und es war mir egal.

Er erklärte, es habe ihm gefehlt, mit mir am Tisch zu sitzen und zu reden, und es löste einen Widerstand in mir aus, der nur noch von dem gesteigert wurde, den seine Berührungen in mir hervorriefen.

Er fragte, was mit mir los sei, und ich sagte ihm, *nichts.*

Er sagte, er sei nicht blind, auch nicht dumm, ich benähme mich seltsam und das seit einer ganzen Weile schon.

»Hast du kalte Füße bekommen?«

»Sei nicht albern.«

»Ich bin nicht derjenige, der sich kurz vor der Hochzeit auf einmal benimmt, als habe er eine Midlife-Krise.«

»Ich habe keine Krise.«

»Es sieht aber verdammt danach aus, Vida.«

»Sag du mir nicht, wie ich mich fühle!«

Jannis war ein geduldiger Mensch. An diesem Abend jedoch sprach er kein weiteres Wort mit mir, zog sich stumm aus und drehte sich mit dem Gesicht zur Wand, als ich mich zu ihm ins Bett legte.

Ich fühlte mich grauenhaft. So grauenhaft, dass ich mir wünschte, für den Bruchteil einer Sekunde nur, ich könnte wieder zurück in meine alte Haut, könnte die Vida von früher sein, die, die mit Jannis und Katleen am Tisch saß, Fischeintopf löffelte und anschließend in seinem Arm in einen traumlosen Schlaf sank, denn Träume hatte ich keine.

Nach dem Sekundenbruchteil, den ich so empfand, kam die Ernüchterung. Es gab kein Zurück mehr. Es konnte nie wieder sein, wie es war.

Aber ich, ich war nun so weit.

Zum ersten Mal, seit diese Sache mit Marie begonnen hatte, in jener Marie-losen Nacht, in der ich neben dem schweigenden Jannis lag und mich schrecklich fühlte, da fragte ich mich … *Was wäre, wenn?*

Noch vor Tagesanbruch stand ich auf, zog mich an, schlich zur Tür hinaus, von einer Dunkelheit in die nächste. Ich lief über Schotterwege, an Weiden vorbei; ich kannte jeden Stein und jedes Grasbüschel, jedes Geräusch und all die Gerüche. Ich zog die Jacke enger um meinen Körper und dachte darüber nach, dass sich das Leben auf dieser Insel anfühlte

wie die immer gleiche Schallplatte, die ständig von vorn anfängt. Eine Routine, die morgens zur selben Zeit beginnt und abends zur gleichen Zeit endet, und das so oft, dass man den einen nicht vom anderen Tag unterscheiden kann. Ich riss die Jacke wieder auf, ließ den Wind meinen Körper wach rütteln, spürte seine scharfen Bisse durch den Stoff auf meiner Haut.

Ich wollte gebissen werden. Wollte mich nicht länger bewegen, als befände ich mich unter Wasser. Es fühlte sich an, als müsste ich tonnenschwere Massen davon mobilisieren, um dorthin zu gelangen, wo ich hinwollte, und just in dem Moment, in dem ich mein Ziel beinah greifen konnte, wich es vor mir zurück. Dabei wusste ich zu diesem Zeitpunkt vermutlich nicht einmal, was genau ich wollte. Ich wusste nur, dass ich entschlossener würde zupacken müssen, damit mir das, was auch immer es war, nicht durch die Finger glitt.

Was wäre, wenn …

Was wäre … wenn?

Ich hatte Jannis' Haus auf dieselbe Art verlassen, auf die ich nun Maries Haus betrat – durch die Hintertür, die sie für mich offen ließ. Ich schlich ins Schlafzimmer, zog mich aus, legte mich zu ihr ins Bett. Sofort fühlte ich mich besser und im gleichen Maße schlecht, weil ich mich besser fühlte, ich sank tiefer

in die Matratze, so sehr erdrückten mich meine eigenen Gedanken.

»Ist es schon morgen?«, fragte Marie schläfrig, und, das Gesicht gegen ihren nackten Rücken gedrückt, schüttelte ich den Kopf.

Die Vorstellung, mich in meinem Hochzeitskleid zu fotografieren, ließ Marie nicht los, und alles sollte perfekt sein. Der Sonnenstand, der Einfall des Lichts, die Stärke des Windes. Inzwischen kannte Marie jedes noch so kleine Wasserloch auf der Insel; sie war zumindest für die bittersten der kalten Tage dazu übergegangen, in die ruhigeren Gezeitenpools abzutauchen statt in die offene See. So jedenfalls erzählte sie es mir, wenn auch möglicherweise nur, um mich zu beruhigen. Je näher wir uns kamen, desto mehr besorgten mich Maries winterliche Schwimmgewohnheiten. Es war gefährlich, und wirkte auf mich wie eine Sucht – als könnte sie es einfach nicht lassen, könnte keinen Tag überleben, wenn sie nicht mit Wasser in Berührung kam, je eisiger, desto besser. Jeder Hobbypsychologe wäre darauf gekommen, dass dies etwas mit dem Tod ihres Mannes zu tun haben musste, doch ich traute mich nicht, sie zu fragen.

Es war an einem Samstag, als Marie am frühen Morgen plötzlich vorm Fenster meiner Küche auftauchte. Vor einer Stunde erst hatte ich mich aus ihrem Bett gequält – tatsächlich war das eine Qual,

die von Tag zu Tag größer wurde. Jedenfalls war es noch dunkel gewesen, und nun zeichnete sich der Tag am Horizont ab, klar, hell, verheißend. Sie klopfte ans Fenster, deutete gen Himmel und dann auf die Tasche, die sie über die Schulter geworfen hatte. Sie griff hinein und zog einen Ärmel des Brautkleids hervor, das bis jetzt auf einer Ankleidepuppe neben ihrer Werkbank gehangen hatte.

Komm mit, forderte sie mich lautlos auf, und ich hob zur Antwort meine mehlbeschmierten Hände.

Sie lief in die Küche. Band sich eine Schürze um und half mir mit dem Brot. Sie tat es, damit wir schneller fertig wurden und entsprechend eher aufbrechen konnten, nichts Besonderes also, doch das änderte nichts daran, wie sehr es mir gefiel, sie hier zu haben, neben mir, in meiner Küche, in meinem Leben. Einmal nicht verborgen hinter den Mauern des alten Hauses gegenüber, sondern offen, bei Tag, im Licht, vor den Augen aller.

Meine Mutter kam herein. Wir sagten, wir müssten zusammenhelfen, weil wir unbedingt noch einen kleinen Ausflug vorhätten, bei dem Wetter, und weil ja praktisch Wochenende war.

Ich fragte mich, ob ich es mir einbildete, oder ob meine Mutter tatsächlich etwas ahnte von meinen Gefühlen für Marie. Ihre Blicke verrieten sie einige Male, dachte ich. Das, was sie in den darauffolgenden Wochen unternahm, unterstrich meine These.

Sicher bin ich mir bis heute nicht. Alles, was ich weiß, ist, dass der Wind sich drehte an diesem Nachmittag im März, dass alles, was ich mir ein Leben lang aufgebaut, eingeredet und vorgemacht hatte, an dem Tag auseinanderzufallen begann, an dem ich mit meinem Brautkleid ins Meer stieg.

Marie hatte es mir angezogen. Sie half mir, auf den unebenen Felsen hineinzusteigen, schloss den Reißverschluss an meinem Rücken, griff nach ihrer Kamera.

Keine Schuhe, befahl sie.

Und kein Make-up, natürlich nicht, im Wasser.

Sie sah mich an, mit ihren leuchtend blauen Meerjungfrauenaugen, und sagte: »Du solltest auch an deinem Hochzeitstag kein Make-up tragen. Du bist viel schöner, als du es jemals für möglich halten wirst.«

Ich hätte ihr zu gern geantwortet. Dass sie hier die Schöne war, dass ich es auf keinen Fall sein konnte. Dass höchstens die Schönheit, die sie verströmte, auf mich abfärbte, wenn ich in ihrer Nähe war.

Dazu musste ich ihr nah sein.

Näher.

Instinktiv machte ich einen Schritt nach vorn, doch dann riss mich Marie mit sich und ins Wasser, wir tauchten gemeinsam unter, wurden blitzschnell von der Tiefe verschluckt.

Ich erinnerte mich wieder daran, was mir Marie bei unserer ersten Unterhaltung am Hafen erklärt hatte: Dass das kalte Wasser sich wie ein Schock auf das System auswirke; dass es die Sinne schärfe, wie wenn eine Welle aus Aufregung über einem zusammenschlägt. Wie schon beim letzten Mal hatte ich die Befürchtung, einen verfrühten Herztod zu sterben. Es war, als stachen Hunderte scharfe Messerspitzen auf mich ein, mein ganzer Körper fühlte sich an wie ein einziger Stromstoß. Luft blubberte aus meinem Mund, und dann legte Marie ihre Lippen auf meine.

Ich griff nach ihr.

Es war egal, ob ich starb, ganz egal, solange Marie bei mir war.

Es war so ruhig unter Wasser. Es gab nur uns beide. Es fühlte sich an, wie das Innere eines Tornados. Vollkommen still. Wie etwas, das erst noch geschehen würde.

Als ich glaubte, an den Rändern meines Bewusstseins eine herannahende Ohnmacht zu spüren, zog Marie mich mit sich nach oben, und wir schnappten nach Luft, als hinge unser Leben davon ab.

Nach dieser ersten Nacht unter dem schwarzen Himmel ohne Polarlichter war dies der intensivste Augenblick, den ich bis dahin erlebt hatte.

Ich bezweifle, dass es je einen mächtigeren geben wird.

Nicht für mich.

Marie fotografierte mich, und ich fühlte nichts von der Grazie, die sie verströmte, wenn sie für die Kamera posierte. Nach einigen kläglichen Biegungen und Wendungen versuchte ich nicht länger, mich auf diese laszive Weise zu winden, wie sie es getan hatte, sondern entschied, mich so zu präsentieren, wie es einer Vida entsprach: mit durchgedrücktem Rücken und ernstem, wenngleich vom Salzwasser leicht getrübtem Blick. Ich stemmte die Fäuste in die Seiten, nur für den Effekt.

Marie verzog keine Miene, während sie mich knipste.

Doch als wir prustend auftauchten, brach ihr helles Lachen als Erstes durch die Wasseroberfläche.

Dieser Tag hätte besser nicht sein können.

Wir setzten uns auf die sonnenbeschienenen Steine, um das Kleid trocknen zu lassen, weil Marie befürchtete, die dünnen Stoffteile sowie die Spitze würden reißen, wenn ich versuchen würde, sie im nassen Zustand auszuziehen. »Das habe ich nicht bedacht, und jetzt wirst du mir erfrieren«, sagte sie, während sie ein großes Handtuch aus ihrer Tasche zog und es mir um die Schultern legte. Die Sonne stand hoch am Himmel, doch dass sie wärmte, konnte man nicht gerade behaupten, nicht um diese Jahreszeit, es war noch nicht einmal Frühling.

»Was wird Katleen sagen, wenn dem Kleid etwas passiert?«, fragte ich laut, und Marie lachte über den Tonfall, der ganz eindeutig implizierte, wie egal mir Katleens Meinung war. Ich sah Marie an. Kein halbes Jahr mit ihr, und ich war zur Revolutionärin geworden. Eine, die sich in dem durchfeuchteten Hochzeitskleid einer anderen auf einem Felsen in der Sonne räkelte.

Eine Weile lang saßen wir sehr, sehr still, und vermutlich deshalb hievte sich, nur ein paar Meter von uns entfernt, ein Seehund auf einen der Felsen; er glänzte im dunklen Schwarz von seiner Flossenspitze bis zur schnurrbärtigen Nase, und Marie und ich, wir stellten beide das Atmen ein, um ihn nicht zu verschrecken.

Seehunde gehörten zum Leben auf N. wie die Schafe, die Algen und das Rauschen der Brandung, doch so nah kam man ihnen dennoch nicht oft. Ein paar Minuten lang wälzte er sich auf dem Stein herum, dann ließ er sich zurück ins Meer gleiten, so wie ich es schon Tausende Male bei Marie gesehen hatte.

Sie sah mich an. »Was würdest du gern sein?«, fragte sie. »Wenn du es dir aussuchen dürftest?«

»Wie meinst du das?«

»Na, ein Seehund zum Beispiel. Wärst du gern einer?«

»Ein Seehund?« Ich tat Marie den Gefallen, wenigstens eine Minute lang über ihre Frage nachzu-

denken, bevor ich erklärte: »Nein, eigentlich nicht. Ich mag Fisch nicht sonderlich.«

Marie grinste mich an.

»Und du? Wärst du gern eine Meerjungfrau? Eine richtige, meine ich?«

»Ich bin eine richtige Meerjungfrau. Was ist falsch an mir?«

Gar nichts, dachte ich. Nichts war falsch an Marie Quint.

Ich erzählte ihr davon, dass ich, wenn überhaupt, eine Seelöwin sein wollte, und Marie meinte, das passe auch viel besser zu mir.

Und dann erzählte ich ihr noch etwas. Dass ich mir tatsächlich einmal, als ich klein war, für einen minimal winzigen Moment ein anderes Leben vorgestellt hatte als das, was ich führte.

Da war diese Reporterin gewesen. Sie und ihr Team waren gekommen, um eine Dokumentation über N. zu filmen, und hatten auch meine Eltern und uns Kinder dafür interviewt. Für eine Sekunde hatte ich mir ausgemalt, dass es aufregend sein musste, so zu leben – mein sechs Jahre altes Ich hatte die engen Grenzen der Insel noch nicht als solche erfasst, denke ich, aber der Auftritt des Kamerateams und der Frau, die es leitete, waren beeindruckend und beflügelnd, als Kind war man ohnehin leichter zu entfachen, und – ja, daran gedacht hatte ich. Mit meinem naiven Grundschulhirn.

Es war seltsam, Marie davon zu erzählen, und das lag nicht allein an ihr – ich hatte überhaupt noch niemandem gestanden, dass ich damals, für den Bruchteil eines Augenblicks, darüber nachgedacht hatte, wie abenteuerlich das Leben außerhalb meines eigenen Kosmos sein mochte, außerhalb der Begrenzungen von N.

Ich fühlte Maries Blick auf mir, einige Minuten lang betrachtete sie mich stumm. »Denkst du noch manchmal daran«, fragte sie schließlich, »was du alles hättest sein können, wenn du nicht hiergeblieben wärst?«

»Nein, eigentlich nicht. Reporterin wäre vermutlich auch nicht das Richtige für mich gewesen.«

»Dann etwas anderes. Die Möglichkeiten sind unendlich, oder?«

»Sag du's mir.« Ich lächelte sie an. »Immerhin bist du diejenige, die hergekommen ist, obwohl die Möglichkeiten anderswo unendlich sind.«

»Touché.« Sie stieß mich mit der Schulter an. »Ich bin freiwillig gekommen.«

»Und ich bin freiwillig geblieben«, erwiderte ich spontan, doch dann fragte ich mich mit einem Mal, ob das tatsächlich der Wahrheit entsprach. Ich wollte nie weg, davon war ich überzeugt. Aber hätte ich wirklich die Chance gehabt, etwas anderes zu wollen?

»Außerdem war ziemlich schnell klar, dass Zan-

der nicht bleiben würde, also …« Ich zuckte die Schultern. Vielleicht hätte ich anders entschieden, wäre er nicht gegangen, vielleicht hätte ich nach der Schule eine Sekunde länger darüber nachgedacht, was möglich wäre, vielleicht. Vielleicht auch nicht.

Ich hatte nie das Gefühl, unbedingt etwas zu wollen, etwas anderes als das, was vor mir lag.

Ich sah zu Marie.

Ihre Haut leuchtete in der Sonne, ihr Gesichtsausdruck war warm und weich.

»Ich habe ewig nicht mehr an diesen Nachmittag gedacht oder an die Reporterin«, sagte ich schließlich. »Und ich bin froh, dass ich geblieben bin. Es gibt keinen Ort, an dem ich in diesem Augenblick lieber wäre.«

Sie wusste, wie ich das meinte. Ich konnte es in ihren Augen lesen. Doch alles, was sie sagte, war: »Kann man sie sehen, diese Dokumentation?«

»Gott bewahre.« Ich lachte. Und dann: »Es muss irgendwo noch eine Videokassette geben.«

Ich weiss nicht, weshalb ich ausgerechnet an diesem Tag mit Marie über Zander sprach, das hatten wir bis dahin kaum getan. Es war, wie wenn man einen Schluckauf bekommt, weil ein anderer nicht aufhört, an einen zu denken. Oder es war einfach nur eine Art vorausschauende Eingebung. Ich dachte an Zander, als Marie und ich uns auf den Rückweg machten.

»Vermisst du ihn?«, fragte sie mit Blick auf das Quad, und ich erwiderte: »Früher. Jetzt nicht mehr so oft.«

Ich ließ sie fahren. Das lenkte mich für den überwiegenden Teil unserer Rückfahrt ab, denn Marie bretterte mit einer Wucht über die schmalen Wege, die mir die Luft zum Sprechen nahm. Ich klammerte mich an ihr fest, während sie lachend durch die Landschaft rauschte, als könne nichts auf der Welt sie aufhalten, während wir Staub aufwirbelten und Kiesel verspritzten und röhrten, als wären wir allein auf der Insel.

Ich hielt mich an ihr fest.

Sie fuhr wie eine Selbstmörderin, doch nichts machte mir Angst, solange ich ihre Wärme spürte, solange ich in ihrer Nähe war.

Und dann stand er auf einmal da.

Wie ein Geist tauchte er auf aus dem Nichts.

Wir waren vorgefahren, lachend und laut, als meine Mutter in der Tür zu unserem Haus erschien, einen vorwurfsvollen Zug um den Mund. Ohne Umschweife war ihr Blick auf das Brautkleid gefallen, das ich nach wie vor trug; es war nur noch mäßig feucht, doch ganz sicher hatte es schon einmal besser ausgesehen. Es hing an manchen Stellen schlaff herunter und fühlte sich an anderen steif an von dem Salz, das auf ihm getrocknet war.

»Wir haben Fotos gemacht«, rief Marie, der der Blick meiner Mutter nicht entgangen war. »Ich werde es trocknen, und schon morgen sieht es aus wie neu.«

Ich war dabei, Marie in ihr Haus zu folgen, als er auf einmal aus dem Schatten meiner Mutter trat. Seine Haare waren länger, seine Kleidung passte nicht hierher, doch das aufreizende Lächeln auf seinem Gesicht war so unverkennbar Zander, dass ich mich auf einen Schlag zurück in meine Kindheit katapultiert fühlte. Ich hatte ihn fast anderthalb Jahre nicht gesehen, nun hatte ich ihn herbeigedacht. Ohne einen weiteren Gedanken drehte ich ab und warf mich in die Arme meines Bruders.

Er fing mich auf. Hob mich hoch und wirbelte mit mir im Kreis. Als er mich absetzte, blickte er für

eine Sekunde über meine Schulter in die Richtung, in der ich Marie hatte stehen lassen. Dann betrachtete er mich von oben bis unten.

»Was ist das für ein Kleid?«, fragte er. »Findet irgendwo ein Kostümball statt?«

Dann sah er wieder zu Marie und ich bemerkte den Glanz in seinen Augen, und ich dachte mir nichts dabei, ich dachte mir rein gar nichts.

Die Tatsache, dass mein Bruder nach N. gekommen war, ohne sich anzukündigen, ließ eine ganze Reihe an Gefühlen in mir hochkochen. Ich weiß, dass ich überglücklich war, Zander zu sehen. Und dass im selben Augenblick etwas an mir zu nagen begann, das ich nicht recht einzuordnen wusste, zumindest nicht gleich. Ich schob es beiseite. Ließ mich zunächst in die Tatsache hineinfallen, dass er da war; ich saugte alles auf, seine Nähe, seinen Geruch, seine Stimme. So vertraut, trotz all der Distanz zwischen uns.

»Zieh bitte das Kleid aus«, sagte meine Mutter empört, und Zander warf den Kopf zurück und brach in Gelächter aus, und schon musste ich mitlachen, nichts hatte sich geändert.

Ich ging mit Marie und sie schälte mich aus meinem Brautkleid, um es anschließend in der Wanne einzuweichen, mit einem Seidenshampoo, das sie auch für ihre Haare verwendete. Der Duft stieg mir in die Nase, sobald sie die Seife mit Wasser aufschäumte. Wenn ich dieses Kleid zu meiner Hochzeit trug, würde es riechen wie Marie.

Sie sagte, genauso habe sie sich meinen Bruder vorgestellt nach allem, was ich ihr bisher von ihm erzählt hatte, und mehr sagte sie nicht.

Wir aßen gemeinsam zu Abend, mein Bruder, unsere Eltern, Jannis und ich, nur der engste Familienkreis. Ich betrachtete Zander, während er den Braten in sich hineinschlang, den meine Mutter aufgetischt hatte. Ein dickes Stück Fleisch in einer noch dickeren Sauce ertränkt, die sie zur Hälfte meinem Bruder auf den Teller goss, bevor wir anderen uns überhaupt etwas davon auftun konnten. Ich nahm es ihr kein bisschen übel. Sie überschüttete ihren Sohn mit Fragen, mit Liebe, mit Sauce, und nur das leise Zittern ihrer Unterlippe deutete darauf hin, dass sie eine von *diesen* Menschen war, den Halbvollmenschen, die sich, kaum hatten sie etwas gewonnen, schon darum sorgten, es wieder zu verlieren, und so nie wirklich genießen konnten, was sie besaßen. Ganz sicher hatte meine Mutter selbst im Augenblick von Zanders Ankunft bereits an seine bevorstehende Abreise gedacht. Daran, dass sie sich einmal mehr würde hineinwerfen müssen in ihren Kummer, den sie schon erahnen konnte, wie einen Phantomschmerz, der dem eigentlichen vorauseilt.

Zander war gekommen, und niemand wollte, dass er wieder ging. Auch ich nicht. Zwar machte ich mir in diesen ersten Stunden keinerlei Gedanken darüber, was die Folge davon wäre, würde mein Bruder tatsächlich auf der Insel bleiben; ich hatte lediglich, wie alle anderen Personen am Tisch, das

unbestimmte Gefühl, dass es eine Bereicherung war, ihn hier bei uns zu haben.

Er aß mit einer Begeisterung, als gäbe es in der Stadt nicht ein einziges vernünftiges Lokal, in dem das Essen so gut schmeckte wie bei unserer Mutter. Er stellte sich in die Tür zum Garten und atmete so übertrieben ein, als habe er jahrelang nicht genug Sauerstoff in die Lungen bekommen. Er riss Witze mit Jannis. Schmeichelte meiner Mutter. Klopfte meinem Vater in einer Weise auf die Schulter, wie ich es niemals tun würde.

Es sollte keinen Sinn ergeben, weil er so lange weg gewesen war, doch zum ersten Mal seit etlicher Zeit schien unsere Familie wieder vollständig zu sein.

Sein Zimmer war über all die Jahre unverändert geblieben. Es lag direkt neben meinem, war aber gute sechs Quadratmeter größer und heller, weil es ein Fenster mehr besaß. Es hatte eingebaute Schränke, die überaus praktisch waren, weil sie wenig Platz einnahmen, und ganz allgemein war es das schönere der beiden Kinderzimmer, das fiel mir in jenem Augenblick wieder auf, nachdem ich es ewig nicht betreten hatte.

Ich hatte nie danach gefragt, ob ich nach Zanders Auszug in sein Zimmer wechseln durfte, die Idee war mir einfach nicht gekommen. Es war nicht zu übersehen gewesen, wie sehr meine Mutter darauf

gehofft hatte, er würde zurückkehren, wie sehr sie davon auszugehen schien. Wenn sie das Haus putzte, dann immer auch das Zimmer ihres abtrünnigen Sohnes. Alles war an seinem Platz – der Schreibtisch, das Bett, das Regal mit den Büchern, die er hiergelassen hatte, und alles war lupenrein. Selbst das Poster irgendeiner Fußballmannschaft, mittlerweile gewellt und an den Ecken vergilbt, haftete noch an der Wand wie ein Mahnmal aus einer vergangenen Jugend.

Ich schielte darauf, als ich es mir auf dem Fensterbrett bequem machte, um meinem Bruder Gesellschaft zu leisten, während er seine Sachen verstaute. Das hatte ich schon einmal getan, bloß damals hatte er die Koffer voll-, nicht ausgepackt.

Ich hatte auf exakt diesem Fenstersims gesessen und ihm dabei zugesehen, wie sein halbes Leben in zwei Trolleys verschwand, und nur die Hälfte, die ihn mit uns verband, ließ er zurück. Die Baumwollhemden. Die alte Wolljacke. Die Gummistiefel, verdreckt vom letzten Marsch über die Felder. Der Muschelbilderrahmen, den ich ihm zum Geburtstag geschenkt hatte, lehnte unangetastet vor einer Reihe Bücher. Er war ohnehin leer; Zander hatte sich nie die Mühe gemacht, ein Bild dafür zu suchen.

Seine Fähre ging am Nachmittag, und ich weiß noch, dass ich dachte, wie viele Abschiede in meinem Leben unmittelbar mit meinem Bruder zusammenhingen. Dennoch war er in diesem Augenblick der Frustrierte gewesen.

Ich werde mich komplett neu einkleiden müssen. Mein erstes Jahresgehalt wird dafür draufgehen.

Niemand hat dich gezwungen, dich bei einer Versicherung zu bewerben.

Es ist nicht so, dass in der Großstadt die Jobs plötzlich auf der Straße liegen, Vida. Die ernst zu nehmenden zumindest nicht. Und ich kann nicht glauben, dass ich nur ein vorzeigbares Hemd besitze. Und dass ich dieses Hemd bislang immer nur auf

Beerdigungen getragen habe. Auf Hochzeiten, Beerdigungen – und bei meinem Vorstellungsgespräch.

Vielleicht packst du doch besser die Strickjacke ein. Falls du dir aus lauter neu gewonnenem Modebewusstsein die Heizung nicht mehr leisten kannst.

Haha.

Danach hatten wir geschwiegen. Zander hatte sich einige seiner Bücher gegriffen, ich an meinem Tee genippt. Und dann fragte ich meinen Bruder etwas, das ich ihn zuvor noch nie gefragt hatte.

Tut es dir kein bisschen leid, wegzugehen?

Und Zander antwortete: *Nein*, bevor er aufblickte, den Kopf schief legte und fragte: *Tut es dir kein bisschen leid, nie woanders hinzuwollen?*

Nein. Außerdem bin ich erst achtzehn.

Als ich achtzehn war, wollte ich überall sein, nur nicht hier.

Das stimmte. Und auch, dass es bei mir anders war. Die Gründe dafür waren vielfältig. Unter anderem hingen sie damit zusammen, dass irgendjemand bleiben sollte. Und wenn er es nicht war, dann war es wohl ich.

Schließlich schüttelte Zander den Kopf. *Ich bin nicht wie du. Ich bin nicht für diese Insel geschaffen.*

Du denkst, ich bin das?

Ich hatte nie eine Antwort erhalten.

Jetzt zog Zander Hemd um Hemd aus dem Koffer, Hose um Hose. All die teuren Klamotten, die ihm bei seinem Auszug noch gefehlt hatten und die er sich nun, zig Jahre später, offenbar in Bündeln leisten konnte. Es dauerte eine Weile, bis mir aufging, was genau ich da beobachtete: Es war, als habe er seinen kompletten Kleiderschrank angeschleppt und nicht nur ein, zwei Sachen für ein verlängertes Wochenende in die Tasche geworfen. Als er das vierte Paar Schuhe in den unteren Teil des Schranks schob, fragte ich ihn, ob er vorhabe, wieder einzuziehen, und er erwiderte: *Schon möglich.*

Und dann tat er etwas, das mich noch mehr überraschte.

Er stellte sich vor mich, die Hände auf meinen Schultern, und beugte sich ein Stück herunter, um mir in die Augen zu sehen.

»Vielleicht lagst du immer richtig«, sagte er. »Vielleicht war es besser, nicht darüber nachzudenken, was alles möglich wäre, sondern einfach zu bleiben.«

Am nächsten Morgen ließ er die Bombe platzen.

Es war nur eine winzige Detonation im Vergleich zu dem, was noch kommen sollte, aber dennoch. Wir saßen beim Frühstück. Zanders Haferbrei war offensichtlich einmal mehr mit Selbstvertrauen und Zuversicht vermischt. Oder es war die Luft, die ihm

zu Kopf gestiegen war – die *unverbrauchte, kristallklare Luft*, von der er, über seine Müslischüssel hinweg, so ausführlich schwadronierte, dass es einem vorkam, als habe er sie zuvor aus einer Papiertüte inhaliert und sei nun high davon.

»Ist es so schlimm in der Stadt?«, fragte meine Mutter. Sie klang hoffnungsfroh.

»Schlimmer«, erwiderte Zander. »Und voller. Gar kein Vergleich.«

Ich konnte mir gut vorstellen, dass man zwischen N. und der Großstadt wenig Vergleichbares finden würde, aber das dürfte Zander schon vor seinem Wegzug klar gewesen sein.

Ich fragte ihn, wo genau er denn jetzt wohnte, und er sagte, zuletzt habe er bei einer Arbeitskollegin gelebt, doch das Apartment sei definitiv zu klein für sie beide, weshalb er beschlossen habe, auszuziehen.

»Eine Arbeitskollegin«, wiederholte meine Mutter, während ich mich darauf fokussierte, dass Zander nun keine Bleibe mehr hatte.

»Bloß eine Kollegin?«

Hatte er deshalb all seine Sachen auf die Insel geschafft? Weil er keine eigene Wohnung mehr hatte?

»Tja, eine Kollegin«, sagte Zander mit einem bitteren Unterton in der Stimme, bevor er uns mitteilte, dass er seinen Job gekündigt habe.

WENN ICH ETWAS über Zander sagen konnte, nach all diesen Jahren, dann, dass er sich im Großen und Ganzen wenig verändert hatte. Nach wie vor gelang es ihm mühelos, alle Aufmerksamkeit auf sich zu ziehen, mit einem Lächeln, einem Zwischenruf, oft nur mit einem Blick. Er besaß dieses gewisse Etwas, das manche Menschen einfach mitbrachten, so ungerecht das war. Zander hatte es schon als Kind besessen und nichts davon eingebüßt, auch wenn er mittlerweile dreißig war.

Ich studierte sein Gesicht, während er eine Geschichte erzählte, die mich kein bisschen überraschte. Er war so gut darin, andere zu fesseln. Schlagfertig, witzig, unantastbar. Zander war so viel mehr als ein einfacher Junge von der Insel. Selbst ich, die ich seine Schwester war und somit von Natur aus dagegen gewappnet sein müsste, erlag seinem Charme – er verströmte ihn, wie Schafe ihren Duft verströmen, penetrant und unausweichlich. Es war kein Wunder, dass meine Mutter nie darüber hinweggekommen war, als er fortging. Zander Holt war das Interessanteste von hier bis zur Hauptstadt.

Er hatte seinem Chef die Geliebte ausgespannt. Versehentlich, wie er betonte, nachdem ihn der un-

gläubige Blick meines Vaters durchbohrte. Er habe Lavinia, so hieß die Arme, auf einer Firmenfeier kennengelernt und keine Ahnung davon gehabt, auf welche Weise sie mit seinem Vorgesetzten verbandelt war.

Meine Mutter spitzte die Lippen. Zander lachte. Verharmlosung war sein Spezialgebiet. Ich wollte keinen schlechten Gedanken über meinen Bruder zulassen, dafür hatte ich ihn zu lange nicht um mich gehabt und zu sehr vermisst, doch ich weiß noch, dass ich in diesen ersten Stunden nach seiner Rückkehr auch von jenen Bildern durchflutet wurde, an die ich mich nicht gern erinnerte.

Immer war Zander mit allem durchgekommen. Dass er in der Konsequenz für sein Verhältnis mit dieser Frau nun seinen Job verloren hatte, musste eine völlig neue Erfahrung für ihn sein. Dass er es schaffte, selbst daraus etwas Positives zu ziehen, wunderte mich trotzdem nicht. So wie Abschiede zu meinem Leben gehörten, gehörten Neuanfänge zu Zanders. Sie machten ihm keine Angst, im Gegenteil: Ich denke manchmal, es bereitete ihm Freude, die sprichwörtlichen Pflaster mit einem Ruck abzureißen, selbst wenn es wehtat, selbst wenn er anderen damit wehtat – zack, und dann ging es woanders weiter oder mit jemand anderem, und es konnte nur noch besser werden, es ging gar nicht anders.

Ich erinnere mich an den Tag, an dem er von der Grundschule aufs Festland wechselte. Er war in vielerlei Hinsicht düster, nur Zander strahlte. Es hatte in Strömen geregnet. Eine kleine Propellermaschine sollte ihn und eine Handvoll weiterer Schüler ausfliegen, und das Flugzeug wirkte nicht eben vertrauenerweckend im Angesicht des Sturms, doch Zander hatte keine Angst. Er konnte es nicht erwarten, dass man ihn fortbrachte.

Wir könnten dich zu Hause unterrichten, hatte meine Mutter vorgeschlagen, halb im Scherz, halb im Ernst. Sie wollte nicht, dass Zander wegging. Sie wollte nicht, dass die Familie auseinandergerissen wurde. Wenn es nach ihr gegangen wäre, lebten wir alle noch wie vor zwanzig Jahren zusammen und würden uns niemals weiterentwickeln. Ob er deshalb unbedingt wegwollte? Weil unsere Mutter auf eine Weise an ihm klammerte, die sie sonst immer nur mir vorwarf?

Wir winkten Zander nach, als er abhob. Regen strömte über unsere Wangen, während er von oben zu uns heruntergrinste. Ich war nicht ausschließlich traurig darüber, dass er ging. Da war auch ein Gefühl von Eifersucht, das ich jedoch schnell zu unterdrücken lernte. Denn in der Stille der Abendessen, die Zanders Schulwechsel folgten, war ich diejenige, die gebraucht wurde, weil sie die Unterhaltung am Laufen hielt. Die versuchte, die Stimmung aufzu-

heitern, die sich nützlich machte, sich anstrengte, sich darum bemühte, dass das Loch, das Zander hinterließ, uns nicht alle verschluckte.

Ohne es zu wollen, riss Zander auch diesmal Löcher in unser Familienkonstrukt; ohne es zu wollen, aber auch ohne Rücksicht auf die Folgen. Er habe ohnehin kündigen wollen, lange bevor man es ihm angetragen hatte, sagte er. Der Job sei nicht das gewesen, was ihn auf Dauer glücklich machte, die Beziehung zu Lavinia erst recht nicht. Er habe versucht, etwas Neues zu finden, doch als klar geworden war, dass das Zusammenleben mit seiner Eroberung ohnehin nicht funktionierte, habe er sich zu einem drastischeren Schnitt entschlossen. »Ich hab keine Lust mehr auf die Stadt«, sagte er einfach. »Fürs Erste bleibe ich hier.«

Hier.

Fürs Erste.

Zanders Worte entfachten ein Licht in meinem Inneren, doch ich blieb vorsichtig. Die Augen meiner Mutter füllten sich mit Tränen. Ich dachte wieder an das Abendessen nach Zanders Schulwechsel. Wie ich versucht hatte, sie aufzuheitern – ich, das kleine Mädchen von neun Jahren, das es sich zur Aufgabe gemacht hatte, die Lücke zu füllen, die sein großer Bruder hinterlassen hatte, jedes Mal, wenn er nicht mit am Tisch saß. Ich hatte es nie geschafft,

und als mir das klar geworden war, hatte ich mir womöglich unbewusst Jannis zu Hilfe geholt, dem es weit besser gelang, Zander zu ersetzen.

Waren wir auch aus diesem Grund so eng zusammengerückt, Jannis und ich? Weil es mir nur mit seiner Hilfe gelang, meine Eltern glücklich zu machen?

In dieser Nacht wurde das erste Lamm des Jahres geboren. Jannis rief mich am Morgen an, und ich gab gleich Marie Bescheid. Ich war mir sicher, sie hatte noch nie ein neugeborenes Lämmchen zu sehen bekommen, und ich behielt recht damit. Der Ausdruck auf ihrem Gesicht war unbezahlbar.

Es war, als sei Zander zurückgekommen, und auf einmal gerieten Dinge in Bewegung. Lämmchen wurden geboren. Jeden Tag blieb es ein bisschen länger hell. Die ersten Zugvögel machten auf der Insel Station, und die Temperatur war leicht gestiegen. N. erwachte aus ihrem Winterschlaf, genau zum richtigen Zeitpunkt, als wollte sie den verloren gegangenen Sohn besonders warm empfangen.

»Ich kann nicht fassen, dass es schon steht«, sagte Marie.

»Sie stehen meistens innerhalb der ersten halben Stunde auf«, erklärte ich ihr. »Kaum hast du dich umgedreht, sind sie erwachsen.«

Marie brummte zustimmend, und der Ton vibrierte durch meinen Körper. Ich schloss die Augen, während sie sich ein Stück weiter über das Gatter lehnte, das die Kinderstube vom Rest des Stalls

trennte. Es roch nach Stroh und Tier und nach Marie, und es war so einfach, alles andere zu vergessen in ihrer Gegenwart, bloß heute gelang es mir nicht vollständig.

»Mein Bruder hat mit der Frau seines Chefs geschlafen.«

»Was?« Überrascht drehte sich Marie zu mir, ein Grinsen auf dem Gesicht.

»Mit seiner Geliebten.«

»Und das war ihm vorher bewusst?«

»Angeblich nicht.«

»Dann könnte man es Pech nennen, oder?«

»Ich bin nicht sicher, ob ich ihm glauben soll. Vielleicht ist es Absicht gewesen. Bei Zander weiß man nie.«

Marie lachte. Das Schaf gab einen Laut von sich, und sie hörte sofort damit auf. Dann nahm sie meine Hand, und wir schlichen aus dem Stall, um Mutter und Kind nicht länger zu stören.

Unmittelbar zog es Marie zum Meer, also gingen wir in Richtung Strand, obwohl ich sicher war, dass meine Mutter längst in der Küche auf mich wartete. Oder war ich das? Jetzt, wo Zander zurück war, schien nichts mehr an seinem Platz zu sein, auch meine Mutter nicht.

»Er sagt, er möchte hierbleiben. Fürs Erste.«

»Oh, tatsächlich?«

»Meine Mutter hätte beinah geweint vor Freude.«

Marie blieb stehen, um mich anzusehen. »Macht es dir etwas aus?«, fragte sie.

»Was genau? Dass Zander wieder zu Hause einzieht oder dass ich meine Mutter nie so glücklich machen kann, wie er es tut?«

Ich hatte es gesagt, ohne nachzudenken, es war einfach so herausgerutscht.

Marie musterte mein Gesicht, und ich fragte mich, was sie sah. Das Mädchen, das in strömendem Regen ihrem Bruder nachweinte, obwohl es so tat, als käme es problemlos damit zurecht, von nun an auf sich allein gestellt zu sein? Die Heranwachsende, die alles dafür tat, die Familie zusammenzuhalten, nachdem ein so dominanter Teil davon mit Zander verschwunden war? Die verdruckste junge Frau, die ich vor einigen Monaten gewesen war, ehe ich eine Meerjungfrau aus dem Hafenbecken fischte? Oder dieses seltsam neue Ich, das etwas in sich aufkeimen spürte; etwas, das es noch nicht benennen konnte, obwohl es da war, eindeutig hier.

»Ich meinte, es klang, als würde es dir etwas ausmachen«, sagte Marie. »Was auch immer.«

ZANDER KEHRTE HEIM, und beinah war es so, als sei er nie weggewesen. Nahtlos fügte er sich in unseren Arbeitsalltag, half meiner Mutter im Laden, trug mit unserem Vater die Post aus. Er schnappte sich das Quad und stob über die Insel. Er hatte noch Kumpels hier, mehr als ich vermutlich, und zwei waren extra angereist, von weiß der Himmel woher, denn so war Zander eben: Ein Magnet, der Menschen anzog, bevor er sie mit gleicher Wucht von sich wegschob, wie damals uns, als er ausgezogen war, und womöglich erst kürzlich diese Lavinia, als er beschlossen hatte, dass es mit ihnen beiden doch nicht funktionierte. Sie tat mir leid, obwohl ich sie nicht kannte. Genauso wie ich mich selbst viele Male bemitleidete, weil ich zwar einen großen, bewundernswerten Bruder hatte, der aber kein Teil meines Lebens mehr war.

Ich wusste, was es hieß, Zander zu verlieren. Ein ums andere Mal war er mir durch die Finger geglitten wie Wasser. Womöglich deshalb hielt sich meine Euphorie über seine geplante Rückkehr in Grenzen. Womöglich deshalb war ich umso seliger, als sich abzeichnete, dass er es tatsächlich ernst meinte, er wollte bleiben. Die Vorfreude prickelte durch mich

hindurch, ich empfand ehrliche Freude. Wer könnte meiner Mutter verübeln, dass sie ebenfalls außer sich war?

In diesen ersten Tagen nach Zanders Rückkehr hatte ich womöglich sogar daran gedacht, ihn einzuweihen – ihm zu beichten, in welchem Dilemma ich steckte, mit Jannis und Katleen und der Hochzeit und den Eltern und Marie, doch dann brachte ich es nicht über mich. Sicher war mein Bruder von allen Menschen, die ich kannte, derjenige, der am offensten sein musste, immerhin hatte er in der Stadt gelebt. Dennoch schaffte ich es nicht, mich ihm anzuvertrauen. Vielleicht, wenn einige Zeit verstrichen war, überlegte ich. Vielleicht konnte ich ihm dann sagen, dass ich glaubte, mich in Marie verliebt zu haben, und dass ich daran zweifelte, ob eine Heirat mit Jannis wirklich das Beste für mich war.

Denn das tat ich. Ich zweifelte. Jedes Mal, wenn ich in seinen Armen lag oder in ihren, jedes Mal, wenn ich das vermaledeite Kleid ansah. Es war, als sei ich jetzt, mit siebenundzwanzig Jahren, auf einmal in der Pubertät angelangt; dort, wo ich in meiner Teenagerzeit nie gewesen war; auf einmal wollte ich reflektieren und rebellieren, gegen meine Eltern, gegen Jannis, ich wollte Entscheidungen treffen, meine Sexualität entdecken. All das, was ich in meiner Jugend ganz offensichtlich versäumt hatte, weil

ich viel zu beschäftigt gewesen war, den Platz eines anderen auszufüllen.

Ich wollte verdammt noch mal ein eigenes Kleid.

Ich zweifelte, aber ich sprach es nicht aus. Später dann fragte ich mich, wie wohl alles gekommen wäre, hätte ich nicht aus Scham und Angst und Eitelkeit zu lange gezögert. Für den Moment jedoch war es angenehm, sich ablenken zu lassen. Über die Aufregung von Zanders Rückkehr geriet die Hochzeit zumindest ein kleines Stück in den Hintergrund, meine Mutter war zu sehr damit beschäftigt, die Anwesenheit ihres verloren geglaubten Sohnes zu feiern. Selbst zwischen Jannis und mir glättete sich die Spannung der vergangenen Wochen ein bisschen. Es war offensichtlich, dass auch er es genoss, mit Zander einen annähernd gleichaltrigen Mann im Haus zu haben, mit dem man Dinge tun und besprechen oder eben nicht tun und nicht besprechen konnte, manchmal war es so viel einfacher zwischen Männern, es versetzte mich immer wieder in Staunen. Von Tag zu Tag wurden meine Schultern etwas leichter, weil sich die Schwere hob, und selbst die Sache mit Marie verlor ein kleines bisschen an Dramatik, weil sie vorübergehend nicht das einzige Thema war, das meine Gedanken okkupierte.

Zander verbrachte seine Zeit damit, gründlich und nahtlos an die Vergangenheit anzuknüpfen. An einem Nachmittag, als ich ihn suchte, um ihn fürs Abendessen ins Haus zu holen, fand ich ihn unter der Plane des alten Segelboots, das schon seit Jahren im Schuppen vor sich hin staubte. Er suchte den Rumpf nach Rissen ab, fuhr mit den Händen über das Holz wie ein Magier.

»Weißt du noch, als wir das erste Mal mit ihr draußen waren? Mama hätte uns beinah nie wieder aufs Boot gelassen.«

Natürlich wusste ich das noch. Mein Vater hatte das Schiff zu einem Spottpreis erstanden, wir hatten es monatelang restauriert und dann, als wir damit fertig waren, nicht abwarten können, in See zu stechen.

Mein Blick fiel auf den Namen unter Zanders Händen. Die Buchstaben wirkten blättrig, waren aber noch deutlich lesbar, und bei ihrem Anblick floss ein ganzer Strom an Erinnerungen auf mich ein. Die *Shir Kahn* war ein Familienprojekt gewesen, an dem mein Vater mit uns Kindern herumschraubte, wann immer es Arbeit und Schule zuließen. Ich bin nicht sicher, wessen Traum wir damals

träumten – den meines Vaters oder den von Zander, meiner war es nicht gewesen. Ich half übereifrig mit und ich teilte die Aufregung vor der ersten großen Fahrt, also ja. Womöglich war es von Woche zu Woche immer mehr zu meinem Traum geworden.

Meine Mutter war für die Instandsetzung nicht zu begeistern gewesen. Damals dachte ich mir nichts dabei, heute aber wundere ich mich darüber, wie eine Frau, die sich mehr und mehr nach Weite sehnte, so gegen die Vorstellung protestieren konnte, ein eigenes Boot zu besitzen. Und ich frage mich, ob sie sich ausgeschlossen fühlte. Ob es nicht um das Boot ging, sondern um die Tatsache, dass wir für etwas brannten, an dem sie nicht das geringste Interesse zeigte.

Wir wurden im Oktober fertig. Der Wetterbericht hatte nichts Beunruhigendes signalisiert, also hatte mein Vater beschlossen, das Risiko einzugehen, wohl wissend, dass es hier oben mehr als vier Jahreszeiten an einem Tag geben konnte, dass das Wetter unzuverlässig war, von einer Sekunde zur nächsten kippte, und dass man, wenn man schon unbedingt segeln wollte, lieber einen der Sommermonate dafür wählte.

Wir ließen das Boot ins Hafenbecken hinunter, dann liefen wir aus, meine Mutter, mein Vater, Zander, ich. Es war ein herrlicher Tag. Klar, frisch, sonnig, mit einem kräftigen Wind, der uns genügend

Spielraum zum Manövrieren ließ. Ich kann mich noch gut an die Geräusche erinnern; das Segel, wie es im Wind schlug, das Wasser, das gegen den Bug gurgelte, als wollte es uns küssen. Die Stimme meines Vaters, der Zander die Grundbegriffe beibrachte. Das Summen meiner Mutter, während sie aufs Meer hinausblickte, zufriedener, als ich sie je gesehen hatte, je weiter wir uns von N. entfernten.

Natürlich ließ sie im Nachhinein kein gutes Haar mehr an diesem Tag. Das Unwetter war so plötzlich aufgezogen, wir hatten keine Gelegenheit, in den Hafen zurückzukehren, und für einen Moment dachten wir womöglich alle daran, dass es das gewesen sein könnte, für immer, das war's. Das Boot zuckte über zornige Wellen, wurde hierhin gerissen und dorthin, wir kegelten durcheinander wie Spielfiguren. Dann flaute der Wind ab, so schnell, wie er Fahrt aufgenommen hatte, doch meine Mutter weigerte sich, jemals wieder einen Fuß auf dieses Schiff zu setzen. Es brauchte jedes Fünkchen Überredungskunst meines Bruders, sie davon zu überzeugen, dass sie ihre rigorose Anweisung nicht auf uns alle übertrug.

Wir haben noch viele Sommersonntage auf der *Shir Kahn* verbracht. Ich bin nicht sicher, wann mein Vater beschlossen hatte, sie nach dem Winter nicht wieder aus dem Schuppen zu ziehen. Das sagte ich auch Zander auf seine Frage hin.

»Ich werde sie wieder seetüchtig machen«, erwiderte er.

Wenn Zander nun abends in die Küche kam, um sich von unserer Mutter mit einem seiner Leibgerichte bekochen zu lassen, sah er beinah aus wie der Junge von damals: die Haare zerwühlt und die Wangen rot von der Kälte. Er sah aus wie dieser Junge, und genauso sah meine Mutter ihn an: Als säße da immer noch Zander, der Zwölfjährige, dem sie nie böse sein konnte, egal, was er im Schilde führte. Zander, der Liebling der älteren Damen – der jüngeren unglücklicherweise auch. Er hinterließ mindestens vier Herzen auf der Insel, die nach seinem Abflug Heilung bedurften, was, gemessen an der Einwohnerzahl, nicht wenig über ihn aussagt.

Aus unserer Schulzeit auf dem Festland weiß ich von einer Menge mehr Mädchen, die in meinen Bruder verliebt waren, und ich erinnere mich an keine, mit der er es je ernst gemeint hätte. Mit Marianne vielleicht. Sie war in seinem Jahrgang, also drei Klassen über Jannis und mir, und in diesem einen Schuljahr diejenige, die die längste Zeit an Zanders Seite war. Ob es zwischen Marianne und Lavinia etwas Beständiges gegeben hatte, wusste ich nicht. Die wenigen Male, die er zurückgekommen war, an Weihnachten vorzugsweise, brachte er niemanden mit und erzählte von keiner.

Er sah blendend aus, das hatte er immer getan, und ich ertappte mich dabei, wie ich meinen Bruder beurteilte: Er war hübscher als Jannis, als alle Männer, die ich kannte, und es wunderte mich nicht, dass es ihm möglich war, einem anderen die Freundin auszuspannen. Seinem Chef, seinem Nachbarn, seinem Kumpel, er würde immer derjenige sein, der am Ende bekam, was er wollte. Und irgendwie, auf eine schwesternstolze Art, bewunderte ich ihn dafür. Weil ich bis dato keinen Grund hatte, ihn dafür zu hassen.

Es geschah nicht sofort. Die Veränderung, die kaum spürbare Verschiebung unserer Realitäten, seit mein Bruder auf die Insel gekommen war. Er hatte mitgeteilt, er wollte bis auf Weiteres bleiben, doch was er zu tun gedachte, damit rückte er nicht gleich heraus. Er sei ganz gut mit Aktien, erwähnte er beiläufig, den Rest konnten wir uns selbst zusammenreimen. Er war neun Tage auf der Insel, als er beim Sonntagsfrühstück fragte, ob wir je darüber nachgedacht hätten, das Haus umzugestalten, um mehr aus ihm herauszuholen als nur den Laden und das Café. »Wir könnten den Dachboden ausbauen, zwei Gästezimmer einrichten.« Er deutete mit einem Buttermesser auf mich, als er hinzufügte: »Nach Vidas Hochzeit hätten wir mit ihrem noch ein Zimmer mehr.«

»Na, herzlichen Dank.«

»Du brauchst es doch dann nicht mehr.«

Das stimmte. Und auch wieder nicht. Ich dachte an Marie und daran, was mein eigenes Zimmer in Zukunft für mich symbolisieren würde. Freiheit. Liebe. Flucht.

Marie.

Und dann fiel mir noch etwas ein. »Du hast dein

Zimmer mehr als zehn Jahre nicht gebraucht, und es ist immer noch deins.« Ich mied den Blick meiner Mutter, doch Zander lachte.

Mein Vater erklärte, es sei kein Geld da für einen Umbau und kein Interesse, sich zu verschulden. Mein Bruder erwiderte, er habe Geld und sei bereit, es in das Familienunternehmen zu investieren. Es habe immer schon zu wenig Betten gegeben auf N.; mehr Betten, mehr Touristen, mehr Umsatz, simple Gleichung. Meine Mutter begeisterte sich mit vollem Mund dafür, das Café zu vergrößern, um den Übernachtungsgästen Frühstück anzubieten, eventuell sogar Halbpension.

»Eine richtig gute Idee«, befand Zander. »Und Vida kann bei uns aushelfen, falls sie nicht rund um die Uhr auf dem Nickel-Hof beschäftigt ist.«

Dieser Augenblick, er fühlte sich an wie das kreischende Geräusch, das eine unwirsch gestoppte Schallplatte hinterlässt, ein Messer auf Porzellan. Und wie dieses Kreischen hinterließ auch Zanders Ankündigung einige Sekunden der schockierten Leere, bis mir bewusst wurde, was es tatsächlich bedeutete, wenn mein Bruder blieb. Es bedeutete, dass nicht ich, sondern er gemeinsam mit unseren Eltern den Laden schmeißen würde. Dass er meinen Vater unterstützen konnte, wenn meine Mutter einmal mehr nicht funktionierte, doch womöglich bedeu-

tete es auch, dass sie von nun an in Ordnung sein würde, jetzt, wo Zander zurück war.

Es bedeutete, dass er und nicht ich künftig das Leben führen würde, das ich als meines adaptiert hatte, als ich neun Jahre alt war.

Aber das war nicht mein Leben. Es war seins.

Seins.

In Gedanken sprach ich das Wort, ließ es auf der Zunge zergehen.

Dann schluckte ich es, wie so vieles andere, kurzerhand hinunter.

Später an diesem Tag ging ich zu Jannis. Ich half ihm im Stall und mit den Lämmern, Regen prasselte aufs Dach. Pünktlich um sechs gab es Fischeintopf. Mir fiel der Nachmittag wieder ein, an dem ich das erste Mal mit Marie gesprochen hatte, auch damals hatte es Fischeintopf gegeben und die üblichen Fragen zur Hochzeit, nach Zander, nach einem Termin. Nichts hatte sich geändert, bloß ich. Ich versuchte, flacher zu atmen, doch der Geruch nach Geräuchertem war nicht aufzuhalten. Er waberte sich durch meine Atemwege und bereitete mir Übelkeit. Mit einem Mal war mir nicht gut. Ich entschuldigte mich, erklärte, ich müsse mich hinlegen, war schon halb die Treppe nach oben gestiegen, in Jannis' Zimmer, doch dann drehte ich ab. Ich wollte nach Hause, erklärte ich. Tee kochen, eine Wärmflasche auflegen, Frauensachen eben.

Jannis hielt mir seine Regenjacke hin und stülpte die Kapuze über meinen Hinterkopf. Ich streifte sie ab, sobald ich außer Sichtweite war, schälte mich aus der Jacke, ließ den Regen über mich waschen. Er sollte alles mitnehmen, was nicht haften blieb. Als ich bei Marie ankam, war ich klitschnass. Sie hing meine durchtränkte Kleidung auf und hüllte mich in ihren Bademantel.

Was ist los mit dir?, fragte sie, denn sie kannte mich inzwischen.

Kann ich heute hierbleiben?, erwiderte ich anstelle einer Antwort.

Es hatte nicht viele Nächte gegeben wie diese, seit Zander zurück war. Ich war zu beschäftigt gewesen. Darüber hinaus fühlte es sich nicht sicher an, mit ihm im Nachbarhaus, ich wusste nicht, wieso. Vielleicht hielt ich ihn für aufmerksamer als meine Eltern. Ich wollte seinen Fokus nicht auf uns lenken.

Mit Marie neben mir fühlte ich mich augenblicklich besser. Ich drückte meine Nase an ihre nackte Haut und sog ihren Duft ein, schob die Hand auf ihre schmale Taille, verwirrte mich dort in ihren silbrigen Haarsträhnen.

»Habt ihr gestritten, Jannis und du?«

»Nein«, sagte ich. Aber ich dachte: *Ich bin nur nicht mehr sicher, ob ich ihn wirklich heiraten möchte.*

»Was ist es dann?«

»Ich weiß nicht genau. Etwas, das Zander heute gesagt hat.«

»Was hat er gesagt?«

Ich drehte Marie den Rücken zu und zog sie gleichzeitig mit mir, sodass ich in ihren Armen lag, ihre Hand auf meinem Herzen, meine Hand auf ihrer. Sie schmiegte sich an mich. Sagte: »Während du überlegst, schlafe ich ein bisschen.«

Wenn überhaupt möglich, rückten wir noch enger zusammen, so eng, dass ich das nagende Gefühl in meinem Inneren beinah nicht mehr spürte. Beinah.

Ich würde entscheiden müssen, wie ich mein Leben künftig führen wollte. Wollte ich dem ursprünglichen Plan folgen, Jannis heiraten, eine Familie gründen, auf N. bleiben? Würden Marie und ich dann zu unserer Freundschaft zurückkehren, würden wir gemeinsam schwimmen in einem der Pools, während ich in den Nächten versuchte, nicht an sie zu denken? Würde sie Patentante werden, kleine Meerjungfrauenkostüme für meine Tochter nähen? Würden wir nur dann und wann, wenn es uns wirklich überkam, miteinander schlafen, heimlich und hinter dem Rücken aller, so wie wir es in den vergangenen Wochen getan hatten?

Ich spürte Maries warmen Atem an meiner Schulter, er ging jetzt gleichmäßig, sie schlief schon fast.

Die Unruhe in meinem Inneren begann zu tosen. Und so langsam, wie ich mich in Maries Armen drehte, zog ich den Gedanken hervor, der sich geformt hatte, seit mein Bruder von Dachausbau und Familienunternehmen erzählte.

»Marie«, flüsterte ich. »Marie!«

Sie murmelte etwas.

»Marie!«

»Was?« Sie war kaum zu verstehen.

»Wenn Zander hierbleibt, dann muss ich es womöglich nicht tun.«

»Hm?«

»Bleiben. Ich muss dann nicht hierbleiben.«

»Wo willst du denn hin bei dem Regen?«

Es musste ganz einfach sein, neu anzufangen. Meine Mutter hatte es getan, später Zander, er tat es mehrmals, und natürlich Marie. Bloß ich war schon ewig hier, und wenn ich Jannis heiraten würde, dann nur, um auf den nächsten Hof zu ziehen, keine 300 Meter von unserem entfernt.

Jetzt war alles anders. Alles hatte sich geändert, binnen weniger Tage nur.

ICH WAR NIE DIE PERSON GEWESEN, die Dinge als Erste begreift. Ich brauchte meine Zeit, um Sachverhalte zu erfassen, musste die meisten Gedanken mehr als einmal hin- und herwälzen, bevor ich zu einer Entscheidung kam. Gut möglich, dass dies ebenfalls auf der Art beruhte, wie wir auf der Insel lebten. Bis auf spontane Wetterwechsel passierte nichts von jetzt auf gleich, wie sollte es auch? Wir lagen zu weit weg von allem, um von etwas anderem überrascht zu werden als den Wolken. Ich war außerdem niemand, der über Nacht sein Leben über den Haufen warf. Bis der Tag kam, an dem die Dinge schneller ins Rollen gerieten als gedacht.

Ich weiß nicht mehr, wann das Gespräch stattfand, das den Anstoß gab, ich weiß nicht einmal mehr, wo es geführt wurde: vorm Haus, dahinter, im Laden, ich kann mich nicht daran erinnern. Ich erinnere mich, dass mir leicht übel war danach.

Es war Zander, der das Thema aufbrachte, und meine Mutter, der in der Folge ein Licht aufging. Mein Bruder fragte: »Was ist das eigentlich für eine Frau, die gegenüber eingezogen ist? Marie?«

Und meine Mutter erwiderte: »Marie Quint. Was soll mit ihr sein?«

»Keine Ahnung, sag du's mir. Es kommt schließlich nicht sonderlich oft vor, dass jemand, der so jung ist, auf dieses gottverlassene Eiland zieht. Wie ist sie so?«

»Du hast sie doch inzwischen kennengelernt.«

»Naa – ein, zwei Hallos über den Zaun, das ist kein Kennenlernen.«

Da sah ich es in ihren Augen. Die Erkenntnis. Die Möglichkeit, die sie witterte, in der Sekunde, in dem Zanders freimütiges Grinsen sich auf seinem Gesicht breitmachte. Wenn er hier eine Frau fand. Wenn Zander, unstet, freiheitsliebend, wankelmütig, wenn er hier, auf N., im Nachbarhaus, eine Frau finden würde, dann stünde es fest. Er würde bleiben. Zumindest würde er nicht so schnell wieder verschwinden, wie wir alle es ihm zutrauten.

»Marie ist Marie«, warf ich betont arglos ein. »Sie ist völlig normal.«

»Thees hat erzählt, sie hält sich für eine Meerjungfrau oder so was?«

Ich blickte zu meiner Mutter, wartete auf den geringschätzigen Ton, den sie für gewöhnlich anschlug, wenn es um Marie und ihre Leidenschaft für Wasser ging. Doch statt sich lustig zu machen, statt sich abfällig zu äußern, sagte sie: »Marie ist eine sehr hübsche und interessante junge Frau. Oder, Vida?

Wir könnten sie zum Essen einladen. Gehst du rüber und fragst sie? Wird wirklich Zeit, dass ihr zwei euch einander mal vorstellt.«

»Ich kann sie schnell holen, wenn es nur darum geht. Ums Vorstellen, meine ich.«

»Neunzehn Uhr. Sagst du ihr das? Ich mache Kartoffelauflauf. Und Hering. Sie isst doch Hering?«

Seit beinah sechs Monaten war Marie auf der Insel, doch der einzige Mensch, der ihr nahstand, war ich. Das Gerede der Leute hatte nachgelassen, es war weniger und weniger geworden wie das Aufblitzen von Maries Flosse im tosenden Winterwasser. Das Interesse war zurückgegangen, niemand war auf sie zugekommen.

Marie schien das nicht zu stören.

Es war mir nicht bewusst gewesen bis zu diesem Tag, doch es sah ganz danach aus, als sei ich ihr genug.

Ich wollte, dass das so bleibt.

Ich würde alles daransetzen, dass sich nichts änderte zwischen uns beiden.

Mit schweren Schritten lief ich hinüber zu Marie: besorgt, beunruhigt, ein kleines bisschen wütend. Ich ärgerte mich über meinen Bruder und sein plötzliches Interesse an der womöglich einzigen weiblichen Person auf N., die er noch nicht flachgelegt hatte, und über meine Mutter, die sich einmischte, ohne Rücksicht auf Verluste. Marie war *meine* Freundin, doch das war meiner Mutter egal, solange sie nur eine Frau für ihren Sohn fand.

Ich ärgerte mich über mich selbst. Es sollte nicht so leicht sein, mich aus dem Tritt zu bringen, bisher war es nie so einfach gewesen.

Ich klopfte bei Marie, und frei heraus erklärte ich ihr, dass meine Mutter sie nur einlud, um ihr den Sohn vorzustellen, mehr noch: um ihn ihr anzupreisen und vice versa. Zander war gekommen, um bis auf Weiteres zu bleiben, und sie war die eine Frau auf der Insel, die er nicht kannte, der er weder das Herz gebrochen noch mit ihr geschlafen hatte.

»Du scheinst ja eine sehr hohe Meinung von deinem Bruder zu haben.«

»Ich liebe meinen Bruder, aber es ist, wie es ist.«

»Oder bin ich es, die sich darüber wundern muss, welche Meinung du von mir hast?«

Ich sah Marie an. Sie war schön und klar, und das zwischen uns war einzigartig und besonders. Ich konnte mir nicht vorstellen, wie sie mit meinem Bruder auch nur eine einzige Gemeinsamkeit fand. Ich konnte mir nicht vorstellen, dass sich das, was wir hatten, von irgendjemandem zerstören ließ.

»Um sieben«, sagte ich ihr.

»Um sieben«, erwiderte sie.

Marie hatte sich kaum an den Tisch gesetzt, da wünschte ich sie mir woandershin, uns beide wünschte ich weg, weit, weit fort; aus diesem Raum, aus diesem Haus, von dieser Insel. Es gab keine Zukunft für sie und mich, solange ich neben Jannis saß und Marie neben Zander, solange meine Mutter meinem Bruder Bälle zuwarf und er sie fing, als hätten die beiden nie etwas anderes getan, als sich gegenseitig gut dastehen zu lassen. Ich beobachtete Marie, während Zander mit Abenteuergeschichten um sich warf, die vom Leben in der großen Stadt erzählten und dann davon, wie er zurückkehrte, freiwillig, reumütig, dankbar für das Leben, das hier auf ihn gewartet hatte.

Weißt du, ich habe all das nicht zu schätzen gewusst, aber jetzt, jetzt ist es mir so richtig klar geworden.

Er fragte Marie kaum etwas, und sie selbst gab wenig von sich preis, sie ließ ihm seine Bühne. Sie sah wunderschön aus dabei. Märchenhaft und übernatürlich, all das, was ich an ihr liebte. Ich sah das Leuchten in Zanders Augen, die Überraschung in denen meiner Mutter, ich sah Marie an, wie sie

lachte, und zuckte zusammen, als Jannis unter dem Tisch nach meinem Knie griff.

Mir war nicht klar gewesen, wie sehr ich in mir selbst gefangen war, bis all das, was mich festhielt, an diesem Tisch zusammenkam. Jannis, den ich heiraten würde. Meine Mutter, deren Lebensentscheidungen ich mit dieser Hochzeit legitimierte. Mein Bruder, der mit jeder seiner Kehrtwendungen auch über mein Leben bestimmte. Mein Vater, dem ich ähnlicher war, als mir lieb sein konnte, weil ich mich, genau wie er, angepasst hatte, ohne je zu hinterfragen, was ich eigentlich tat. Lange Zeit bin ich davon ausgegangen, dass es mein freier Wunsch gewesen war, hierzubleiben; *nichts wollte ich mehr als das – für immer auf einem vermeintlich unwirtlichen Eiland, umgeben von rauen Wassermassen unter einem aufgewühlten Himmel.*

Ich erinnerte mich an diesen Gedanken. Daran, wie ich aus tiefstem Herzen daran geglaubt hatte, an das Gefühl, das mir diese Gewissheit vermittelte, die Ruhe, die Stärke, die ich daraus schöpfte. Ich kauerte an diesem Tisch und mir war schwindlig vor Ratlosigkeit. Ich wusste, was ich am liebsten tun würde – Marie packen, sie mit mir zerren, nach draußen, woandershin, weit weg, irgendwohin, wo es nur uns beide gab.

Wenn Zander blieb, musste ich es nicht tun.

Ich war nicht sicher, ob ich das jemals fertig-

brächte. Ob ich mich jemals trauen würde, einen derart drastischen Schritt zu wagen – denn es wäre einer, und ein Risiko, und zwar eines, das ich nie zuvor eingegangen war, niemals zuvor. Ich war nicht mutig. Ich war immer nur auf den ausgetretenen Wegen aller anderen herumspaziert, und jetzt, wo es darum ging, eigene Spuren zu hinterlassen, scheute ich davor zurück wie ein verängstigtes Pferd vor der Hecke.

Ich saß an diesem Tisch und dachte mich in eine Panik. Der Knoblauchduft des Auflaufs stieg mir in die Nase, und ich schaffte es gerade noch rechtzeitig, aufzuspringen. Ich riss die Eingangstür auf, atmete ein, tief, tief ein.

Ich war diese Insel.

Rau und karg.

Nicht schön, sondern beständig.

Ich war wie einer dieser Hundemenschen, die ihrem Tier immer ähnlicher wurden, je länger man zusammenlebte.

Ich war in dieses Leben hineingeboren worden.

Es hatte mich geformt und zu der gemacht, die ich war.

Vida. Vida hieß *Leben.*

Nichts wollte ich mehr als das.

Außer Marie.

DRITTER TEIL

Es gibt diese Tiere, die sich totstellen, wenn Gefahr droht. Die sich rücklings in den Schlamm werfen, die Zunge heraushängen lassen, die Füße von sich strecken. Die sich nicht mehr bewegen, bis das Unheil sie passiert hat, bis die Luft rein ist, die Welt wieder in Ordnung.

Ich denke, ich war so ein Tier.

Ich erstarrte vor Schreck und verfiel in Bewegungslosigkeit. Ich hielt so lange still, bis ich beinah versteinerte, um dann, bei der geringsten Erschütterung, in all meine Teile zu zerspringen.

Es dauerte eine Weile.

Dann reichte ein einziger, flüchtiger Blick.

Mein Bruder hatte all seinen Charme aufgetischt bei diesem ersten gemeinsamen Abendessen mit Marie; die wiederum hatte nicht sonderlich beeindruckt gewirkt, zumindest an der Oberfläche nicht. Wie es darunter aussah … Ich war mir nicht sicher. Tiefe Wasser sind still, hatte Marie gesagt, und je tiefer ich bei Marie grub, desto stiller wurde es. Sie redete nie freiwillig über sich, und was die Sache zwischen uns betraf …

Ich hatte mich nicht getraut, ihr zu sagen, dass ich sie liebte. Ich brachte es kaum fertig, es mir selbst

einzugestehen. Wochenlang war kein anderer auf die Idee gekommen, sie kennenlernen zu wollen. Nun rauschte Zander heran, und die Energie, die er darauf verwendet hatte, Marie zu beeindrucken, machte mir Angst.

Ich musste darauf vertrauen, dass Marie genauso fühlte wie ich. Es blieb mir nichts anderes übrig.

Ich glaubte daran, dass sich am Ende schon alles finden würde. Wenn man ein Spiel nie gespielt hat, woher soll man die Regeln kennen?

Und dieses Tier, das regungslos am Boden liegt? Wie kann es wissen, wann die Gefahr tatsächlich vorüber ist?

Auf N. wurden Feste seit jeher im alten Gemeindesaal ausgerichtet. Das Gebäude, ein flacher Ziegelbau mit zu kleinen Fenstern und zu großen Erinnerungen, war mittlerweile mehr als in die Jahre gekommen, es wirkte vernachlässigt, wie es dastand, unmittelbar neben der angeschlagenen Kapelle. Beide waren Wind und Wetter ausgeliefert so nah am Wasser, verlassen von ihren Schäfchen, nachdem die Gemeinde für einen eigenen Pastor zu klein geworden war.

Ich nahm Marie mit dorthin, wenige Tage nach dem gemeinsamen Essen, und ich erzählte Jannis, dass ich es tun würde, wegen der Hochzeit und all dem, und damit wenigstens einer sich in Sicherheit wog. Nach wie vor war ich unentschlossen, ob ich die Sache würde durchziehen können, doch im Augenblick ging jeder andere davon aus, inklusive Marie, also schwamm ich mit dem Strom, ließ mich einfach ein Stück mitspülen.

Sie inspizierte den Raum, öffnete Fenster auf ihrem Weg, fragte nach den Möbeln, die in eine Ecke gestapelt und mit Tüchern zugedeckt worden waren. Wir rissen die Laken herunter, husteten im Staubdunst, rückten Tische und Stühle zurecht. Dann fiel mir etwas ein.

»Der letzte Geburtstag, der hier groß gefeiert wurde, war der von Ebba Hendrik.«

»Ach, wirklich?«

»Es war ihr fünfundachtzigster, glaube ich. Und ihr letzter.«

Marie setzte sich auf einen der Tische und zog die Beine heran. Sie trug ein Kleid, wie meistens; ein hellblaues diesmal, das ihre Haare noch silbriger schimmern ließ. Sie sagte: »Es tut mir sehr leid um Ebba Hendrik. Allerdings hätten wir uns nie kennengelernt, wenn sie sehr viel älter geworden wäre als fünfundachtzig.«

Ich setzte mich zu ihr. Der Tisch knarzte, und der Wind wehte kreuz und quer durch den Raum, zum einen Fenster herein, zum anderen wieder hinaus.

»Bist du glücklich hier?«

Marie zögerte einen Augenblick, lange genug, um mich zu verunsichern. »Ich bin glücklich, dass ich hier bin«, erwiderte sie. »Ist das glücklich genug?«

Ich schüttelte den Kopf. Nahm ihre Hand. Hob sie an und betrachtete ihre feingliedrigen Finger. »Denkst du, du könntest woanders glücklicher sein? Irgendwo, wo es wärmer ist? Wo du mehr Zeit im Wasser verbringen kannst, ohne blau anzulaufen?«

»Du meinst, an der Côte d'Azur zum Beispiel?«

Sie lächelte, und auch ich erinnerte mich an unser erstes Gespräch am Hafenbecken, mit Gänsehaut auf den Armen. »Warum fragst du das? Willst du mich loswerden?«

Nach wie vor hielt ich ihre Hand. Strich mit dem Daumen die Linien entlang, so ähnlich, wie sie es bei mir getan hatte, beim Abendessen mit meiner Mutter. »Ich will dich nicht loswerden. Ich dachte bloß, es wäre schön, einmal etwas anderes zu sehen.«

Marie schwieg.

Sie macht es mir schwer, dachte ich. Der Frust, der in mir aufstieg, galt jedoch allein mir selbst. Da redete ich mir monatelang ein, eine andere zu sein; ich fühlte anders, dachte anders, nahm Dinge anders wahr, doch immer noch war ich nicht in der Lage zu formulieren, was ich wollte. »Wir könnten weggehen«, platzte ich schließlich heraus. »Zusammen könnten wir woanders hingehen.«

»Was?« Jetzt lachte Marie und entzog mir gleichzeitig ihre Hand. »Du willst weg von der Insel? Seit wann? Warum? Kannst du dir das tatsächlich vorstellen?«

Nein, dachte ich. *Vielleicht. Ich weiß nicht.* »Zander bleibt hier. Er kann sich um meine Eltern kümmern.«

»Was ist mit Jannis?« Sie wirkte ehrlich entgeistert. Ganz so, als habe sie noch nie daran gezweifelt,

dass ich mit Jannis zusammenblieb, als gebe es überhaupt keinen Grund dafür, es nicht zu tun.

»Macht es dir gar nichts aus?«, fragte ich. »Wenn Jannis und ich heiraten, macht dir das überhaupt nichts aus?«

»Das war von Anfang an der Plan. Schon bevor ich hierherkam.«

»Ja. Aber bevor du hierherkamst, lagen die Dinge ein bisschen anders.«

»Vida.« Marie sah mich an, so ernst, wie sie es noch nie getan hatte. »Du sollst nicht dein Leben auf den Kopf stellen für mich. Das fände ich furchtbar.«

»Ich finde die Heimlichkeit furchtbar. Und ja, ich weiß, dass ich selbst schuld bin, weil ich nicht gerade offen damit umgehe, was zwischen uns … was … das hier eben.«

»Das hier.«

Ich sah weg, und als ich wieder zu Marie blickte, lächelte sie.

»Woanders würde es mir leichter fallen. Wenn wir zusammen weggingen …«

»Nichts ist leichter woanders«, unterbrach sie mich. »Oder besser.« Sie stand auf. »Ich habe nicht darüber nachgedacht, was genau das zwischen uns ist. Und auch nicht, warum wir uns heimlich treffen. Es muss nicht jeder wissen, was wir tun. Und es geht nicht darum, jemanden zu besitzen oder ihn ganz für sich zu haben.«

»Worum geht es dann?«

»Es geht darum, den Moment zu genießen. Weil man nie weiß, wie lange er dauert.«

»Du warst im Gemeindehaus heute?« Ich führte eben die Gabel zum Mund. Ein Bissen Kabeljau konnte sich gerade so an den Zacken halten. Er fiel, als ich mein Besteck niederlegte und zu Jannis sah, der ungerührt weiter aß. Wir saßen zu zweit am Esstisch. Nach dem Gespräch mit Marie hatte ich mich nach ein bisschen Normalität gesehnt, schätze ich. Das war vermutlich ein Fehler. Katleen hatte sich, nachdem sie für uns gekocht hatte, mit Kopfschmerzen entschuldigt und war auf ihr Zimmer gegangen. Ich hatte mir nichts dabei gedacht, doch jetzt, wegen des beiläufigen Tonfalls, den Jannis anschlug, und der mir suggerierte, dass die Frage absolut nicht beiläufig war, stellte auch ich mir Fragen.

»Das hatte ich dir erzählt, erinnerst du dich? Marie und ich haben den Zustand des Raums begutachtet. Die Möbel herumgeräumt, um zu sehen, wie wir sie für das Fest am besten aufstellen.«

»Verstehe.«

Ich verstand nicht, und dennoch rief dieses eine Wort eine Kälte hervor, die sich in meinem Magen sammelte.

»Inska hat euch gesehen. Sie meinte, es sei ihr seltsam vorgekommen, weil alle Fenster im Gemeinde-

haus offen standen, und wollte nachsehen, was los war.«

Wir haben nichts getan. Das war das Erste, das mir durch den Kopf schoss. Bevor die Bilder der vielen Male zuvor, in denen Marie und ich durchaus Dinge getan hatten, mein Gehirn fluteten. Was war los mit mir? Ich konnte unmöglich riskieren, dass mich jemand sah, es sollte nicht auf diese Weise ans Licht kommen, was hatte ich mir nur dabei gedacht?

»Sie sagte, ihr hättet Händchen gehalten oder so etwas?« Die Art, wie Jannis sprach, klang nach wie vor unbeteiligt, doch er hatte aufgehört, zu essen, und nun sah er mich an.

»Sie hat mir von ihrem verstorbenen Mann erzählt. Es ging ihr nicht gut. Was hat Inska denn gedacht, weshalb wir *Händchen gehalten* haben?«

Ich hatte die Lüge so kühl formuliert, wie es mir möglich war, während mein Herzschlag meinen Hals zum Glühen brachte. Ich fühlte mich erbärmlich. Ich fühlte mich, als würde ich Marie verraten, als hätte ich ihr gerade ein Messer in den Rücken gerammt. Dabei hätte ich mich am liebsten selbst hineingestürzt.

Einige Sekunden lang sah Jannis mich prüfend an, dann lachte er. »Keine Ahnung!« Er griff nach seinem Bier, nahm einen Schluck. »Inska. Du kennst sie doch. Es gibt nichts, worüber sie sich nicht den Kopf zerbricht und das Maul zerreißt. Du solltest

mit ihr sprechen. Bevor sie sich weiß der Himmel was zusammenreimt und es überall herumerzählt.«

»Was zum Beispiel?«

»Ich weiß nicht, Vida. Die Frau hat echt zu viel Fantasie.«

Ich blieb bei ihm in dieser Nacht. Und Inska Simon war die erste Person, mit der ich am nächsten Morgen sprach.

Marie erzählte ich nichts von alldem. Nicht von dem Abendessen mit Jannis. Nicht von der Unterhaltung mit Inska.

Es sah nur so seltsam aus, Vida. So, als hättest du dich vorgebeugt, um ihre Hand zu küssen.

Du musst einen merkwürdigen Blickwinkel gehabt haben.

Vielleicht. Ja.

Wieso hätte ich Maries Hand küssen sollen?

Ich weiß es doch nicht!

Wie ich schon sagte. Es war eine ernste Unterhaltung. Marie ging es nicht sonderlich gut.

Was war denn mit Marie?

Das musst du sie schon selbst fragen.

Ich wusste, dass sie das niemals tun würde. Genauso wie ich wusste, dass sie ihre Geschichte erzählen würde, ob ich nun bei ihr gewesen war oder nicht.

Und selbstverständlich fragte ich mich Dinge. Dinge wie … Was genau will sie erzählen? Dass ich Maries Hand geküsst hatte? Wer würde das glauben, und selbst wenn, wer fände es seltsam? Es war nichts Anrüchiges dabei, jemandem auf diese Weise Trost zu spenden. Unter Frauen noch weniger als unter Männern. Was wollte sie den Leuten denn weismachen? Dass ich Jannis betrog?

Beinah verschluckte ich mich an den heuchlerischen Argumenten, die ich mir selbst zurechtlegte. Und dann an etwas, das noch verlogener war. Nie zuvor war ich mir so klar darüber gewesen, dass ich nicht zu Marie stehen konnte, wie in diesem Augenblick. Ich konnte es nicht, und ich würde es nie können. Nicht hier. Nicht, solange ich auf der Insel blieb.

Zum einen wegen Jannis. Doch dann war da noch meine Unfähigkeit, für mich selbst einzustehen und für das, was ich wollte. Beides war in meinem bisherigen Leben nicht oft gefragt gewesen, nun fragte ich mich, woran das lag. Hatte ich schlicht immer gehabt, womit ich zufrieden war, war es so einfach? Oder wollte ich niemals etwas genug, um es *wirklich* zu wollen, so wie ich das Gefühl hatte, mich nach Marie zu sehnen, ohne auch nur den Hauch einer Idee, wie ich sie jemals für mich haben konnte, ganz für mich?

Das erste Gefühl, nachdem Jannis mir von Inska und ihrer Beobachtung erzählt hatte, war nicht Er-

leichterung gewesen darüber, dass jemand dabei war, das Geheimnis um mich und Marie zu lüften. Da war kein: *Endlich muss ich nicht mehr Versteck spielen, endlich bin ich nicht länger gezwungen, Jannis zu heiraten, endlich geht es nur noch um mich und um Marie und um das, was wir fühlen.*

All diese Gedanken rückten weiter weg als je zuvor, sie flogen geradezu aus den weit geöffneten Fenstern des alten Gemeindehauses, stoben in den Himmel wie ein Schwarm Kraniche.

Alles, was ich dachte, war: *Wir müssen vorsichtiger sein.*

Ich musste vorsichtiger sein, denn ich wollte Marie nicht involvieren, am Ende würde sie sich von mir zurückziehen, um meine Beziehung zu Jannis nicht zu gefährden.

Also tat ich das, was Tiere wie ich nun mal tun. Ich legte mich rücklings auf den Boden, ließ die Zunge heraushängen, streckte die Füße von mir, nicht ahnend, dass die Gefahr längst über mich hinweggestiegen war, um sich ihren Weg zu bahnen.

Es schlich langsam voran. Hier ein Gespräch über den Zaun, da eine Unterhaltung von Fenster zu Wintergarten. Ich beobachtete, wie Zander den Kontakt suchte zu Marie, auch wenn es sich kaum wahrnehmen ließ, so unterschwellig ging er vor, unbeteiligt beinah. Er tat, als hätte er kein Interesse, und anfangs glaubte ich ihm das. Er hatte eine Show abgezogen bei diesem Abendessen vor einigen Tagen und Marie damit nicht beeindrucken können. Nun hatte er die Taktik geändert, und ich kam nicht gleich dahinter, in welche Richtung.

Vielleicht war ich durch die Sache mit Inska abgelenkt. Vielleicht ging ich unbewusst ein kleines bisschen auf Distanz zu Marie, nur vorsichtshalber, zu unser beider Sicherheit. Es stimmt – ich war feige und unsicher und wusste nicht, wohin mit meinen Ängsten. Ich wollte nicht, dass jemand von uns erfuhr, auf der anderen Seite beschwerte ich mich über die Heimlichkeit, die ich nicht ertragen konnte. Ich wollte mit Marie von hier fliehen, doch sie würde nicht mitkommen, und wäre ich überhaupt jemals in der Lage, einfach zu gehen? Die größte Angst von allem aber war, Marie zu verlieren. Am meisten fürchtete ich mich davor, dass es uns beide nicht

mehr gab, Marie und mich. Ich würde alles dafür tun, wenigstens das zu behalten, was wir hatten.

Niemand sollte uns dafür verurteilen.

Niemand sollte es anrüchig finden.

Was nicht passieren konnte, wenn niemand davon wusste.

EIN MORGEN WIE JEDER ANDERE. Im Bett war es warm. Es roch nach Marie. Ich hatte ihre Stimme im Ohr, ihr leises Seufzen, ihr Flüstern, ihr Lachen. Als wäre es das Selbstverständlichste auf der Welt, dass ich hier mit ihr lag. Nichts wollte ich mehr als das – mit Marie zusammen sein, sie um mich haben, mich frei und leicht und glücklich fühlen, wie ich mich noch nie zuvor gefühlt hatte, mit keinem anderen Menschen.

Ich verdrängte den Gedanken, dass ich es womöglich nicht schaffen würde, mich für sie zu entscheiden. Dass sie diese Entscheidung vielleicht gar nicht wollte.

Stattdessen schmiegte ich mich an sie.

Du bist alles für mich.

Alles.

Ich wollte mich nie von ihr lösen.

Nie mehr woanders sein.

Ich erwachte mit einem Ruck, jemand hämmerte gegen die Tür, mein Wecker hatte nicht geklingelt, es war viel zu spät, wir hatten verschlafen. Marie sprang vor mir aus dem Bett.

»Hier.« Sie sammelte meine Sachen zusammen,

die ich in der Nacht zuvor achtlos auf den Boden geworfen hatte. Meine Hose, den Slip, BH, Pullover. Sie warf alles aufs Bett, bevor sie zur Tür hastete und sich in ihren Morgenmantel warf.

Es klopfte wieder. Mein Bruder rief: »Marie? Bist du zu Hause?«

Marie und ich sahen uns an.

Von jetzt auf gleich begann mein Herz zu rasen.

Ich sagte: »Nein«, doch sie hatte den Türknauf bereits in der Hand.

»Wenn ich ihn nicht abwimmeln kann, schleichst du dich durch die Hintertür raus, in Ordnung?«

Zander. Hallo.

Marie. Guten Morgen. Habe ich dich geweckt?

Sieht ganz danach aus. Ich habe den Wecker nicht gehört.

Ich drückte ein Ohr gegen die Tür, umschlang mit beiden Armen meinen nackten Körper.

Du sagtest etwas von einem Onlineshop, der nicht ordentlich funktioniert?

Pause.

Dann: *Und du sagtest, du wolltest ihn dir ansehen, das ist allerdings schon eine Weile her.*

Ja, ich war beschäftigt. Bis jetzt.

Verstehe.

Er grinste. Ich konnte es nicht sehen, doch ich war mir zu einhundert Prozent sicher. Ich hörte es in seiner Stimme. Sie klang anders, wenn er mit mir sprach. Er flirtete mit ihr.

Ich kenn mich ein bisschen aus mit dem Zeug.

Ja. Das sagtest du bereits.

Und nun lächelte sie. Auch das hörte ich, klar und deutlich.

Soll ich … später wieder kommen?

Und nun hatte er gezögert. Als wäre Maries Lächeln eine Aufforderung gewesen, an ihr herabzusehen, ihren Bademantel zu begutachten, den alten, verwaschenen Frottee mit den Kirschen darauf, sich die Frau darunter vorzustellen, Maries weiße, weiche Haut, und … Ich schloss die Augen. Dann riss ich sie auf. Wenn ich bis zu diesem Moment noch keine Ahnung davon hatte, wie wild sich Eifersucht anfühlen konnte, dann hatte ich sie jetzt. Sie war wie ein wildes Tier, das sich vom tiefsten Kern in meinem Inneren seinen Weg an die Oberfläche fraß.

Was war nur los mit mir? Marie hatte nichts getan, mein Bruder hatte nichts getan, meine Unterlippe hatte keinen Grund zu zittern, ich selbst keinen Anlass, mich so entwurzelt zu fühlen.

Das wäre toll. Ich brauche erst einen Tee und etwas Zeit, um aufzuwachen.

Eine halbe Stunde? Stunde?

Gern. So etwas in der Art.

Gut. Alles klar. Bis später.

Genau.

Vida hat offenbar auch verschlafen. Mein Bruder lachte. *Ich gehe bei Jannis vorbei und hole sie. Meine Mutter ist schon leicht gereizt.*

Tja, das ist … seltsam.

Bis dann, Marie.

Bis dann.

»Du bist noch nicht angezogen?«

»Ich … hatte vollkommen vergessen …«

»Vida, komm schon, er ist losgelaufen, um dich bei Jannis abzuholen. Das heißt vermutlich, er weiß, dass du nicht nebenan in deinem Zimmer liegst. Das bedeutet, wenn du dort nicht bist und bei Jannis auch nicht … keine Ahnung, was das bedeutet.« Sie schälte sich aus ihrem Bademantel. Ich sah ihr beim Anziehen zu, wie sie sich eines ihrer obligatorischen Kleider über den Kopf warf. Ihre Haare waren wild zerzaust. Ich widerstand der Versuchung, sie mit den Händen glatt zu streichen. Alles, was ich wollte, war, Marie nah zu sein. Nicht nur körperlich. Mein Verlangen nach ihrer Person, es war ganzheitlich und so groß, es hatte keinen Platz mehr in mir drin.

»Was, wenn wir es doch allen sagen?«

Marie lachte. »Zieh dich an und dann lauf rüber, bevor irgendjemand Verdacht schöpft.«

Sie hatte mir nicht zugehört. *»Was, wenn wir einfach dazu stehen und es allen sagen?«*, wiederholte ich, eindringlicher diesmal. Ich war mir durchaus bewusst darüber, wie doppelzüngig diese Frage war. Ich war diejenige gewesen, die Inska gegenüber gelogen und Marie aus der Angelegenheit herausgehalten hatte. Ich war diejenige, die zu der Überzeugung gekommen war, dass sie niemals zu einhundert Prozent zu ihrer Liebe, zu Marie, würde stehen können. Und nun, mein Bruder hatte noch gar nichts getan, bekam ich mit einem Mal Herzrasen vor Angst, sie zu verlieren. Etwas zu verlieren, von dem ich nicht einmal mutig genug war, es zu wollen.

»Sei nicht albern. Nicht ausgerechnet jetzt. Er ist dein Bruder. Was soll er denken, wenn er dich hier findet? Nackt?« Sie lächelte. Kam auf mich zu, meine Unterwäsche in der Hand, drückte mir einen Kuss auf die Wange. »Es geht hier nicht nur um dich, Vida. Okay?«

Es ging nicht nur um mich.

Es ging nicht nur um mich.

Den halben Tag verbrachte ich damit, den Satz zu analysieren, die andere Hälfte hinter dem Küchenfenster. Ich beobachtete die Tür, aber es tat sich nichts. Ich fragte mich, was sie damit gemeint haben könnte – *es geht hier nicht nur um dich, Vida.* Was hatte sie zu verlieren? Wen würde sie verletzen, enttäuschen, zerstören, wenn meine Familie davon erfuhr, dass wir uns liebten?

Niemanden.

Die Antwort lautete: *Niemanden,* denn Marie war allein.

Niemanden, außer sie legte mit einem Mal Wert darauf, was mein Bruder von ihr dachte.

Was unmöglich sein konnte. Sie kannte Zander nicht, und er hatte zu wenig Zeit mit Marie verbracht, um sie in den Strahlkreis seiner magnetischen Aura zu ziehen. Nicht einmal er konnte einen anderen Menschen in dieser Geschwindigkeit für sich gewinnen. Das konnte er nicht. Nicht einmal er.

Es war so unglaublich albern, doch die Vorstellung von Zander und Marie allein in diesem Haus, sie

machte mich wahnsinnig. All meine Gedanken drehten sich nur darum und darum und darum, als hätten sie sich an einem Karussell festgehängt, das nicht mehr stillstehen wollte. Es war verrückt. *Ich* drohte verrückt zu werden.

Als ich es nicht länger aushielt, lief ich hinüber in Maries Haus.

Die beiden saßen am Tisch und tranken Tee. Maries Laptop lag zugeklappt neben ihrer Tasse.

Bei meinem Eintritt blickte Zander auf und grinste. Er sah von mir zu Marie und wieder zurück wie eine Katze, die ihre Beute präsentiert; *hier, sieh mal, das hab ich gefangen. Wie findest du es? Ist das nicht sagenhaft?*

Von jetzt auf gleich konnte ich meinen Bruder nicht mehr leiden, ich wünschte ihn mir weg, zurück aufs Festland, möglichst für immer. Er hatte noch gar nichts getan, und ich verachtete ihn.

Liebe und Hass liegen nah beieinander. So nah, sie könnten Liebende sein.

Manchmal denke ich, ich habe ihn herbeigehext. Den Schmerz, den ich empfand, noch bevor ich ihn tatsächlich erlebte. Weil ich mich ab einem gewissen Punkt in dieser Geschichte mit nichts anderem mehr beschäftigen konnte. Weil ich nicht in der Lage war, die Gedanken aufzuhalten, sie in die Wolken zu geben. Weil ich mich wie ein angeschossenes Tier benahm. Es hatte mich erwischt.

Genauso, wie es Zander erwischt hatte.

Nach all der Gemächlichkeit, die er zunächst an den Tag gelegt hatte, verhielt sich mein Bruder von einem Augenblick zum nächsten umso effizienter.

Er war fast jeden Tag bei Marie. Erfand immer andere Ausreden, weshalb sich das mit dem Web-Shop, den er für sie aufsetzen wollte, hinzog; weshalb er unmöglich allein in seinem Zimmer daran arbeiten konnte, weshalb er unbedingt mit Marie ein Stück spazieren gehen musste, um gemeinsam nachzudenken. Mittlerweile verabscheute ich das Küchenfenster, hinter dem ich von früh bis spät verdammt war, denn von hier aus konnte ich Zander dabei zusehen, wie er mit höher werdender Frequenz bei Marie an die Tür klopfte. Vormittags, um weiß der Himmel was mit ihr am Computer herumzuwirken, abends, um sie zum Essen zu holen.

Ich selbst verbrachte kaum mehr Zeit allein mit ihr. Wir waren in den Fokus geraten, Marie schob mich hinaus. Nie hatte ich mich auf meiner kleinen Insel mehr eingesperrt gefühlt als in diesen Tagen, nie wollte ich dringender alle Grenzen sprengen.

Mein Bruder verfolgte seine eigenen Pläne. Alle Versuche, mich mit einzubeziehen, waren scheinheilig und falsch.

Er sagte Dinge wie: *Du hast doch nichts dagegen, wenn ich deine Freundin kurz entführe?* Oder: *Sei*

nicht albern, Vida. Lass einen Mann gefälligst allein bei einem Spaziergang um die Frau seiner Träume werben. Er sagte es mit einem Augenzwinkern, während er Marie von mir wegschob, auf den Feldweg, der zum Meer führte, um mit ihr den Sonnenuntergang zu sehen.

Ich selbst brauchte die Sonne nicht, um geblendet zu sein, ich war es bereits. Schon bald sah ich nur noch gleißendes Licht, das mich heiß und unbarmherzig zu verschlingen drohte.

Ich würde nicht behaupten, ich sei niemals eifersüchtig gewesen. Ich kannte nur den Grad der Verzweiflung noch nicht. Ich erinnere mich an manche Situation in der Schulzeit, in der ich mich alleingelassen fühlte. Und daran, wie ich versuchte, mir einzureden, dass ich es nicht war.

Und ja, ja, mein Gott, ja – es ging dabei so gut wie immer um Zander. Vielleicht hatte ich unsere Kindheit verherrlicht. Vielleicht dachte ich, als Jannis und ich ihm aufs Festland und die Mittelschule folgten, dass wir da weitermachten, wo wir als Kinder aufgehört hatten. Womöglich hatte ich nicht damit gerechnet, dass die Kluft zwischen uns größer sein würde als die drei Jahre, die uns trennten. Womöglich war ich davon ausgegangen, dass er sich freute, ebenso wie ich, wenn wir künftig mehr Zeit zusammen verbrachten.

Zander war weiter als Jannis und ich, nicht nur in Schulklassen bemessen. Er hatte sich eingelebt, sich behauptet, er war fünfzehn und hatte eine Freundin, die wiederum die Klasse über ihm besuchte. Ich wusste nicht, weshalb mich die Erinnerungen an damals plötzlich wieder überrannten. Ganz offensichtlich gab es Parallelen zwischen der jetzigen Zander-Situation und der damaligen. In beiden Fällen war ich außen vor und sah zu. Nur machte es mich diesmal weniger unglücklich – es machte mich wütend.

Zander, so viel stand fest, war kein Mensch, an den man sich klammerte. Das hatte ich auch den Mädchen an unserer Schule erklärt, die es dennoch nicht lassen wollten – Jahr für Jahr erzählte ich dasselbe. Ich gab ihnen eindringlich zu verstehen, dass eine Beziehung zu meinem Bruder, sei sie noch so verheißungsvoll, niemals halten würde, was sie versprach. Dass er sich abwenden, dass dies wehtun würde. Dass es eventuell besser sei, es gleich bleiben zu lassen. Ich wusste, wovon ich sprach, betonte ich. Ich war immerhin seine Schwester. Was hatte ich nicht alles schon mit angesehen – ich, mit meinen zwölf, dreizehn, vierzehn Jahren? Wer sollte Zander besser kennen als ich?

Es war gelogen, als ich sagte, ich begann zu lügen, nachdem ich Marie das erste Mal geküsst hatte. Die

Wahrheit ist, ich habe schon viel früher damit angefangen.

Sei nicht albern, Vida.
Das sagst du in letzter Zeit oft. Und du sagst das, als wäre es ein Spaß.

Nein, das ist kein Spaß, es ist kein bisschen lustig. Wir reden hier von deinem Bruder. Er hilft mir bei meiner Arbeit am Computer. Und du tust so, als ob er eine Gefahr für mich darstellte.

Du kennst ihn nicht, Marie.

Sag mir, worum es hier geht, okay? Sag es mir einfach.

Er ist … er kann …

Sag es mir!

Er umgarnt dich.

Ach, Vida!

Er will dich ins Bett zerren.

Hör auf damit.

Ich kenne ihn. Er ist mein Bruder, du hast es gerade selbst gesagt.

Er hat bisher nichts falsch gemacht. Nicht das Geringste.

Was, wenn es so ist, wie ich es sage?

Ja, was? Was dann?

Noch vor ein paar Wochen war alles in bester Ordnung gewesen. Wenn ich daran zurückdachte, an Marie und mich im Wasser, die Fotos, die ich von ihr gemacht hatte, der Bann, der uns umgab, die Entschlossenheit, mit der wir einander anzogen. Nun schien nichts mehr davon übrig zu sein, alles war mir aus der Hand geglitten. Seit ich Marie gefragt hatte, ob sie sich vorstellen könnte, mit mir woanders hinzugehen – seitdem hatte sie sich von mir zurückgezogen, ich spürte es, es fraß mich auf. Ich wusste nur nicht, warum. Es fühlte sich an wie Zurückweisung, auch wenn sie es nie ausgesprochen hatte. Es fühlte sich an wie das Schlimmste, das ich bisher erlebt hatte. Und das, was ich fühlte, ich konnte es nicht kontrollieren.

Jedes Mal, wenn Zander Marie auch nur ansah. Jedes Mal, wenn sie sein Lächeln erwiderte, und ihr Blick dann auf meinen traf, und dieses Lächeln zu flackern begann, eine winzige Nuance nur. Es reichte aus, um den Boden unter meinen Füßen aufzureißen. Das Loch, das sich dabei auftat, lag tiefer als der Meeresgrund. Ich denke, Marie merkte es im selben Moment, in dem es mir klar wurde: Die Energie, die sie in mir freigesetzt hatte, war so stark,

wie sie zerstörerisch war, sie würde vor nichts haltmachen, würde nichts von uns übrig lassen, und ich konnte sie nicht beherrschen.

Ich konnte es nicht.

Ich war in einen Strudel geraten, so schnell, dass ich mich nicht dagegen wehren konnte, und er zog mich tiefer und tiefer nach unten.

Mittlerweile vermehrten sich die Bilder in meinem Kopf wie die Samen einer Pusteblume – nahm man eines davon in die Hand, reproduzierte es zig Neue. Diese Bilder, sie hatten nichts mit der Realität zu tun, das wusste ich. Es hatte weder Küsse zwischen Zander und Marie gegeben noch Berührungen, noch hatten sie einander die Kleider vom Leib gerissen oder es auf dem Küchentisch getrieben. Alles, was passierte, geschah in meinen düsteren Gedanken, doch dort wurde all das so lebendig, man hätte es für echt halten können.

Es fühlte sich echt an.

Zanders Blick, arrogant, siegessicher.

Maries Lächeln, einladend und süß.

Die Beiden, nebeneinander auf dem Sofa in unserem Wohnzimmer. Zander hatte tatsächlich das Video mit der Aufnahme ausgegraben, die wir von der Inseldokumentation gemacht hatten. Ich weiß nicht, wo oder weshalb – hatte Marie ihn danach gefragt? War er von selbst auf die Idee gekommen? Doch am Abend trommelte er uns alle zusammen, und meine Mutter – meine intervenierende, schreckliche Mutter – sorgte dafür, dass ich ihr in der Küche half, während Marie und Zander es sich auf dem Zweisitzer bequem machten.

Vida, nun hör doch endlich auf, dich dazwischen zu drängen. Dein Bruder hat vielleicht zum ersten Mal eine Frau gefunden, die ihn auf der Insel halten kann.

Nein, nichts davon war Einbildung, nun hatte sie es einwandfrei bestätigt. Es gab einen Grund für diese Eifersucht, selbst wenn der nicht sofort ersichtlich und das Ausmaß meines Argwohns nicht von Beginn an gerechtfertigt gewesen war.

Marie lachte über den kleinen, trotzigen Zander, wie er auf der alten VHS-Kassette den kindlichen Macker gab. Sie lächelte zu mir herunter, von der Couch aus, auf deren Lehne mein Bruder

seine Hand drapiert hatte, ganz nah an Maries Schulter.

Ich konnte dieses Lächeln nicht erwidern. Merkte sie denn gar nicht, was da ablief? Was sie mir antat?

Ich erzählte Marie von meinen Befürchtungen, sagte ihr, ich wisse sehr genau, worauf Zanders Interesse hinauslaufen würde, ich wiederholte mich, und es fraß mich auf, mein Misstrauen fraß mich auf. Die Art und Weise, in der Marie keine Rücksicht auf mich nahm, in der sie den Kontakt mit Zander intensivierte, indem sie ihn forcierte, indem sie ihm Hoffnungen machte auf mehr, indem sie, indem sie …

Wir begannen zu streiten. Es nahm in gleichem Tempo zu, in dem meine Gedanken Geschwindigkeit aufnahmen.

Im Nachhinein denke ich, ich habe Marie erst in Zanders Arme getrieben. Weil ich mich verrannte, weil ich versuchte, sie an mich zu binden. Ich wurde zu dem Klettergift, das immer schon in mir gesteckt hatte, von dem Marie nur noch nichts ahnte, und das sie nun, da es zum Vorschein kam – leuchtend grün und klebrig –, zu verachten begann.

Ich jedenfalls verachtete mich. Für den Schmerz, den ich fühlte und den ich mir selbst beibrachte, ich allein. Für die Diskussionen, die ich anzettelte,

über etwas, das ich selbst erst herbeiredete. Dafür, dass ich war, wie ich war; schwach, bedürftig, und, ab einem gewissen Punkt, nicht mehr zu retten.

Ich redete auf Marie ein, sie distanzierte sich in der Folge. Ich hatte in der Nacht kaum geschlafen. Maries Tür verriegelt. Es war der letzte Funke, den es brauchte, um mich zum Handeln zu bewegen.

»Ich werde es nicht tun«, sagte ich ihr. »Ich werde Jannis nicht heiraten.«

Ich hatte bis zum nächsten Morgen gewartet. Dann schlich ich aus dem Haus und zu Marie hinüber, wo ich ans Fenster klopfte, so lange, bis sie mich hereinließ.

Sie sah nicht glücklich aus. Dunkle Ringe betonten ihre blauen Augen, die helle Haut wirkte mit einem Mal fahl im kalten Küchenlicht.

»Was heißt, *ich werde Jannis nicht heiraten*?«, fragte sie.

»Es heißt, dass ich Jannis nicht heiraten werde. Ich kann es nicht tun. Ich kann einfach nicht.«

Marie sagte nichts weiter. Sie sah mich nur an, in diesem furchtbaren Licht durch müde Augen, die um Längen ernüchterter aussahen, als mir lieb war.

Ich hatte das angerichtet, doch damit war nun Schluss. Ich würde nicht weiter von Marie verlangen, zu mir zu stehen, wenn ich nicht in der Lage war, dasselbe für sie zu tun. Es machte mir Angst,

das, was ich als Nächstes sagen würde, und dennoch tat ich es.

»Ich will mit dir zusammen sein, Marie. Richtig. Immer. Ich will, dass wir als Paar zusammenleben und gemeinsam eine Zukunft haben. Ich will es meiner Familie sagen. Und dem Rest der Insel. Und sollte es unmöglich für uns sein, hier zu leben, gehen wir eben woandershin. Wenn du nicht woanders leben willst, bleiben wir hier.«

»Ich glaube nicht, dass ich das möchte«, sagte Marie. Sie klang weit weg. Als stünde ich vor der Illusion einer Meerjungfrau, vor ihrer Projektion, und diese Erscheinung hatte nichts mit der Frau zu tun, die sie gewesen war.

»Was von dem, was ich gesagt habe, möchtest du nicht?«

»Nichts davon.«

»Marie …«

Diese Küche. Das Licht. Der Avatar von Marie, ferngesteuert und gefühllos.

Bevor ich es konnte, öffnete sie den Mund. »Erinnerst du dich, was ich dir gesagt habe? Dass es nur darum gehen kann, den Moment zu genießen? Dass nichts für die Ewigkeit ist?«

»Wir sind für die Ewigkeit.«

»*Nichts* ist für die Ewigkeit, Vida. Und das, was man hat, kann man nicht halten, indem man sich daran festklammert. Manchmal muss man loslassen.

Manchmal ist das Einzige, das man tun kann, *loszulassen.*«

Sie schob sich an mir vorbei, durch den Flur, zurück in ihr Schlafzimmer. Öffnete den Schrank und griff Kleidung zusammen, bevor sie damit im Badezimmer verschwand.

Sie will Abstand zwischen uns, schoss es mir durch den Kopf, im selben Moment, in dem meine Augen zu brennen begannen. *Sie will nicht, dass ich sie sehe. Sie will nicht, dass ich sie liebe.*

Ich versuchte, die Tür zu öffnen, doch sie war verriegelt.

»Hat es etwas mit Zander zu tun?«

Ich bekam keine Antwort. Stattdessen hörte ich die Toilettenspülung, dann den Wasserhahn. Dann lange Zeit nichts anderes, dann nichts mehr.

»Marie?« Ich klopfte. »Was ist das mit meinem Bruder? Hat er etwas mit uns zu tun? Hat er?«

Meine Wangenknochen taten weh. Ich verkrampfte mich dabei, die Tränen dort zu lassen, wo sie hingehörten. In mir drin.

Atmen. Laut und tief. Vermutlich hörte sie es, es war ganz still im Bad.

Eine Ewigkeit verging.

Schließlich öffnete sie die Tür.

Im Gegensatz zu mir weinte Marie, sah jedoch ganz und gar entspannt dabei aus. Tränen rannen über ihre Wangen, während sie mich ruhig und ge-

lassen ansah, als sei da nicht mehr als Nässe auf ihrem Gesicht, ohne Ursprung, ohne Sinn.

Ich streckte die Hand nach ihr aus und ließ sie wieder sinken.

»Dein Bruder hat insofern mit uns zu tun, als dass sich die Fragen, die du mir jetzt stellst, vor seiner Ankunft nie aufgetan haben. Bevor dein Bruder herkam, stand zu einhundert Prozent fest, dass du Jannis heiraten würdest. Ich habe dein Brautkleid umgenäht. Wir beide wussten, dass wir uns trotzdem immer nah sein würden. All das hat sich verändert, seit dein Bruder hier ist, doch es hat nichts mit ihm zu tun.«

»Du denkst, ich bin schuld?«

»Schuld? Woran denn? Niemand hat an irgendetwas Schuld!«

»Schuld daran, dass es nicht mehr so zwischen uns ist, wie es vor ein paar Wochen noch war. Schuld daran, dass du mich aussperrst. Schuld daran, dass es dir lieber ist, ich heirate einen anderen, als mit mir zusammen zu sein!«

Wieder war ich laut geworden, wieder zog sich Marie ein Stück von mir zurück. Und einmal mehr verabscheute ich mich dafür, dass ich *ich* war, obwohl ich mich nicht mehr wiedererkannte, kein Stück von mir. Ich konnte nicht aus dieser Haut, meine Gedanken, meine Gefühle, mein Handeln – alles entzog sich meiner Kontrolle. Wie war ich so geworden? Wie war aus der gewöhnlichen, geflis-

sentlichen, nichts und niemanden hinterfragenden Frau ein solch emotionales Knäuel geworden, das nicht mehr in der Lage war, sich zu entwirren, sich stattdessen von innen selbst zerstörte? Ich bestand nur noch aus Sentiment und aus dem daraus hervorgehenden irrationalen Tatendrang.

Ich fühlte mich verrückt, im wörtlichen Sinn. Nicht mehr an meinem Platz.

»Er hat gefragt, ob er mit mir zum Schwimmen kommen kann. Er ist besessen davon, mich in meinem Kostüm zu sehen.«

Ich starrte Marie an. Mehr denn je spürte ich, was auch immer es war, in meinem Inneren rebellieren. Ein Drache. Ein Monster. Etwas, das sich gemächlich und genüsslich an meinen Eingeweiden zu schaffen machte.

»Du sagst das so, als wäre ich eine deiner Freundinnen. Eine flüchtige Bekannte. Du sagst das so, als müsste ich es lustig oder erbärmlich oder nett oder fragwürdig oder süß finden, dass mein Bruder dich in deinem Kostüm sehen will. Nichts davon empfinde ich. Nichts davon. Ich finde es grauenvoll, dass er dich anstarren, dir dabei zusehen will, wie du für ihn die kleine Meerjungfrau spielst. Mir wird übel bei den Gedanken, die er dabei hat, mir wird schlecht. Ich kotze, Marie, ich *kotze*.«

Stille. Schwere, bleierne Stille. Düsternis. Kälte. Einsamkeit. Verlust. Angst.

Geh nicht.

Geh nicht weg, Marie!

»Du solltest jetzt gehen, Vida. Bis du dich beruhigt hast. Dann sprechen wir.«

»Ich will nicht gehen.«

»Dann bleib hier.«

Wieder schob sie sich an mir vorbei. Lief von einem Zimmer ins nächste, während sie ihre Tasche packte – die Flosse, das Oberteil, die Cremes. Sie schlüpfte in die roten Sandalen. Draußen hörte ich den Motor des Quads.

»Was ist?«, fragte Marie. »Kommst du mit raus und winkst uns nach?«

Ich hatte das verursacht.

Ich ganz allein.

Ich begann meine Suche im Schlafzimmer. Hierher hatte Marie das Fotoalbum getragen, das sie mir bei ihrem Einzug so entschieden aus der Hand gerissen hatte, hier musste sie es versteckt haben.

Sie würde mir nie von ihrem Mann erzählen. Nie erklären, wer er war, warum sie niemand anderen lieben konnte; die Ursache dafür, warum es für Marie immer nur ein *Jetzt* geben konnte, nie eine Ewigkeit. Wenn er der Grund war, weshalb sie sich nicht an mich binden wollte, musste ich wissen, womit ich es zu tun hatte. Wenn ich sie besser verstand, konnte ich besser auf sie eingehen.

Noch war nichts passiert mit Zander.

Er arbeitete daran, doch ich würde ihm zuvorkommen.

Ich würde verhindern, dass er Marie für sich einnahm, dass er sie mir wegnahm.

Hitze stieg mir in den Kopf, während ich Maries Schrank durchwühlte, Kommoden aufriss, unter dem Bett nachsah. Das Album war nicht aufzufinden, also hob ich die Matratze an.

Mir ist klar, wie das ausgesehen haben muss. Als sei ich wahnsinnig geworden, nicht mehr ich selbst,

die Vida von damals … bye, bye, der Abschied lag längst hinter mir.

Ich hob Teppiche an, tastete nach lockeren Dielen.

Klopfte die Rückwand des Schranks ab.

Es fühlte sich falsch an, und das war es; alles, nur nicht daran denken, wie Marie vor Zander ins Wasser glitt, wie die Sonne ihren Körper in leuchtende Mosaike zerteilte, wie er sich kaum zurückhalten konnte, mit den Fingerspitzen diese Linien nachzuzeichnen, mit der Zunge, wie er es womöglich tat am Ende, wenn sie ihn ließ.

Fanatisch wühlte ich in Maries Unterwäsche. Als mir bewusst wurde, was ich da tat, lief ich aus dem Zimmer.

Ich fand das Album in einem ihrer leeren Koffer, die sie in einer Abstellkammer aufbewahrte. Ich wusste nicht, wie lange ich danach gesucht hatte. Aber ich empfand eine kaum nachvollziehbare Erleichterung, als ich es schließlich in die Küche trug.

Ich legte es auf den Tisch.

Papier ragte an den Rändern heraus.

Mit rasendem Herzen öffnete ich den Deckel.

Das Innere bestand zu vier Fünfteln aus leeren Fotokartons, ein paar eingeklebten Bildern und mindestens zwei Dutzend Zeitungsartikeln.

Es war wie bei einer dieser optischen Täuschungen, bei dem man das Bild im Bild suchen soll und sich nicht erklären kann, was man in der Lage sein müsste, zu entdecken – bis man es erkennt und in der Folge nichts anderes mehr sehen kann.

Ich las die Artikel, und mit einem Mal ergab alles einen Sinn. Ich studierte die wenigen Fotos und blickte plötzlich auf die Marie hinter der Marie, die ich glaubte, zu kennen.

Sie unterschied sich in so gut wie allem. Die Haare waren halb so lang und dunkel, was ihrem Aussehen einen irdischeren, weniger surrealen Anschein gab. Die Augenbrauen waren zwei schmale, schwarze Striche, die Lippen knallrot geschminkt. Der Mann, der sie umschlungen hielt, wirkte, als gefiele ihm außerordentlich, was er in ihr sah. Er war deutlich älter als Marie und mindestens zwei Köpfe größer, überaus schmal, mit einem selbstsicheren Zug um den Mund.

Ich starrte die Fotos lange an. Es waren insgesamt acht. Jedes Einzelne zeigte die beiden, wie sie Arm in Arm zusammenstanden, auf jedem Einzelnen wirkte Marie entspannt und glücklich und überhaupt nicht wie meine Marie.

Dann las ich die Zeitungsberichte und wusste es sofort. Maries Wandlung von der Frau zum Wasserwesen. Es war *exakt* wie mit einer optischen Täuschung. Ich hatte hingesehen, und nun kannte ich das ganze Bild.

»WAS MACHST DU DENN NOCH HIER?«

»Ich habe auf dich gewartet.«

»Ich war zwei Stunden weg.«

»Ich weiß.« Oh ja, ich wusste es. Ich musste die Artikel wieder und wieder lesen, um nicht darüber nachzudenken, weshalb Marie und Zander immer noch nicht zurückgekehrt waren, ich kannte ihren Inhalt inzwischen auswendig.

Maries Blick fiel auf den Küchentisch. Auf das Durcheinander von Zeitungspapier, die Fotos, das Album. Dann auf mich, die ich frenetisch versuchte, gelassen zu wirken und bloß nicht so, wie ich mich fühlte. Verzweifelt. Aufgelöst. Nicht ich selbst. Ich war schon lange nicht mehr ich selbst.

Maries Haare tropften auf den Küchenboden.

Ohne ein weiteres Wort lief sie ins Badezimmer und zog die Tür hinter sich zu.

Als sie um einiges später zurückkam, trug sie nicht wie sonst ein Kleid, sondern eine schwarze Yogahose unter einem weiten, meerblauen Pullover. Ich fragte mich, ob sie sich auf diese Weise sicherer fühlen, ob sie mir besonders ernst und überzeugend entgegentreten wollte. Das war ihr gelungen, dachte

ich. Sogar die Haare drückten Unnahbarkeit aus, wie sie da streng geordnet in ihrem Knoten auf Maries Kopf saßen.

»Du hast mir nicht erzählt, dass sie dir den Prozess gemacht haben. Dass sie dich nur aus Mangeln an Beweisen freigesprochen haben. Dass sie dich freisprechen mussten, wie die Presse schreibt.«

Marie sagte gar nichts, sie setzte Teewasser auf.

»Du hättest es mir erzählen können. Ich weiß doch, dass du es nicht warst.«

»Ach, ja? Woher willst du das wissen?«

»Weil ich dich kenne.«

»So gut, dass es dir erlaubt ist, in meinen Sachen herumzuschnüffeln?«

Ich nahm mir einen Moment, um Maries Tonfall zu analysieren. Ihre Stimme klang sanft wie immer, mit dieser gewissen Gleichgültigkeit, an die ich mich nie gewöhnen wollte, die ich in den vergangenen Tagen jedoch schon öfter zu hören bekommen hatte. Ich weiß nicht, was ich mir mehr wünschte – dass sie wütend war oder enttäuscht. Dass Marie gleichgültig war, damit jedenfalls konnte ich nicht umgehen.

»Es tut mir leid.«

Ich sah dabei zu, wie sie Teeblätter in die Kanne häufelte, sie dann mit kochendem Wasser übergoss. Ich konnte nicht sagen, was mir mehr leid tat: dass ihr Mann gestorben war oder ich in ihrem Schlafzimmer herumgeschnüffelt hatte.

Sie hob die Kanne an, stellte sie zu mir auf den Tisch. Einer der Zeitungsartikel geriet darunter. Ich zog ihn hervor und steckte ihn mit den anderen zurück in das Album.

»Ich sollte diesen ganzen alten Kram wegwerfen«, sagte sie. »Die Vergangenheit endlich hinter mir lassen.«

»Vielleicht kannst du es, wenn du damit abgeschlossen hast.«

»Weshalb glaubst du, dass ich das nicht längst getan habe?«

Weil du nie darüber redest. Weil du dieses Album vor mir versteckt hast. Und wenn man sich die Fotos von damals ansieht, bist du offensichtlich nicht mehr die Frau, die du damals warst.

All das wollte ich Marie lieber nicht sagen, also fragte ich: »Hat es damals angefangen, nach seinem Tod? Das mit den Meerjungfraukostümen?«

»Du meinst, weil er ertrunken ist? Oder weil ich ihn über Bord gestoßen habe?«

»Das hast du nicht getan.«

»Denkst du, ich gehe ins Wasser, um ihm nah zu sein? Glaubst du, ich gehe ins Wasser, lasse mich von der Kälte betäuben, trotze der Tiefe, um zu fühlen, was er gefühlt haben muss? *Nachdem* ich ihn über Bord gestoßen habe?«

»Das hast du *nicht getan*!«

»Die Leute glaubten das. Und in der Presse wurde

darüber spekuliert, ob ich meinen älteren, gut situierten Gatten wohl von Beginn an beseitigen wollte, um ihn zu beerben.«

»Das ist lächerlich. Wer kommt auf die Idee, du würdest so etwas auch nur denken?«

Marie sah mich an. Und mit einem Mal fühlte sich alles an diesem Gespräch falsch an. Die ganze Situation war es. Ich hätte nicht hier sein sollen. Hätte nie Maries Sachen durchstöbern und ihre Vergangenheit ausgraben dürfen. Marie sollte mich nicht auf diese Weise mustern – so, als wäre sie nicht mehr sicher, wer da vor ihr sitzt, genauso wenig, wie ich mir sicher sein konnte, wer sie war.

Hatte sie das getan, was man ihr vorwarf? Hatte sie ihren Mann umgebracht? War sie deshalb hierhergekommen, an den äußersten Rand der Zivilisation? Um zu vergessen und neu anzufangen? Oder um sich zu verstecken?

Die Wahrheit ist, es war mir egal, was Marie getan hatte. Hätte sie mit einem Hammer auf ihren Mann eingeschlagen, ich hätte nicht aufhören können, Gefühle für sie zu haben.

Ich sagte ihr das. Und auch, dass, wessen auch immer sie sich schuldig gemacht hatte, ihr Geheimnis bei mir sicher war.

Der erste Spatenstich, zu meinem eigenen Grab, er war getan. Es kam mir vor, als könnte ich dabei zusehen, wie sich eine Mauer zwischen uns hoch-

zog. Anfangs noch porös und durchsichtig, doch allmählich dichter werdend, schon jetzt hatte ich Schwierigkeiten, drüber wegzusehen.

»Ich glaube, es ist besser, du gehst jetzt, Vida. Ich habe das Gefühl, ich brauche ein bisschen Abstand.«

»Abstand? Wovon?«

Sie erwiderte nichts. Goss stattdessen Tee in die Tasse, die vor ihr auf dem Tisch stand, meine ließ sie leer.

Das Gefühl von Panik, das mich seit dem Morgen antrieb, bahnte sich erneut einen Weg durch die Kehle nach oben.

»Ich wollte doch nur wissen, was es ist, das dich davon abhält, dich zu binden. Ich wollte nur verstehen können, wovor du Angst hast, wenn du ständig davon sprichst, dass nichts von Dauer ist und alles nur für den Moment.«

»Es reicht nicht, was ich dir sage? Dass ich nicht will, dass du wegen mir deine Hochzeit sausen lässt? Dass du meinetwegen dein ganzes Leben auf den Kopf stellst?«

»Aber ich will mein Leben für dich auf den Kopf stellen, auf welche Weise muss ich es denn noch sagen? Ich will nicht das Leben zurück, das ich vor dir hatte, es ist nicht mehr meins.«

»Und was ist mit mir? Was, wenn ich hergekommen bin, um es mir einfacher zu machen, um ein Leben zu leben, das zur Abwechslung einmal nicht

kompliziert ist, das durch nichts kompliziert wird? Ich habe erst angefangen. Ich habe *hier* neu angefangen. Ich will das Leben leben, das ich mir ausgesucht habe, noch bevor wir uns kannten.«

»Bevor wir uns kannten«, sagte ich, »da war … nichts, Marie. Nichts.«

Marie, die sanfte, freundliche, übermütige Marie, starrte in ihre Teetasse und dann, aus leeren Augen, zu mir.

»Du kannst nicht wirklich mit jemandem zusammen sein wollen, von der du annimmst, dass sie einen Mord begangen hat.«

»So hab ich es nicht gemeint.«

»Doch, das hast du.«

Ich schüttelte den Kopf. Meine Stimme klang, als würde sie jederzeit brechen, ich befand mich im freien Fall. Ich spürte, wie ich aufschlug. Wie Knochen brachen. Ich zerbarst in all meine Teile.

»Ich liebe dich, Marie. Ich liebe dich jede Minute eines jeden Tages und ich kann nicht damit aufhören.«

»Das ist genau der Punkt, Vida. Das ist der Punkt.«

Wir starrten einander an. Ich hatte das Falsche gesagt, es ließ sich nicht zurücknehmen. Ich hatte Maries Gefühle in eine Richtung gelenkt, von der aus es kein Zurück mehr gab.

Sie sah traurig aus. Sie sah aus, als würde sie trauern. Als habe sie etwas verloren, das ihr lieb war.

Marie sah aus, als wäre es vorbei.

Wie um einen endgültigen Schlusspunkt zu setzen, rauschte in diesem Augenblick Zander ins Haus. Er klopfte nicht einmal mehr, riss einfach die Tür auf und enterte die Küche. Marie habe ihre Kamera in seinem Rucksack vergessen, erklärte er. Seine Augen waren voller Leben. Er hatte das gesehen, was vor ihm ich zu sehen bekommen hatte, daran konnte kein Zweifel bestehen. Hinter meinen Lidern brannte es, und Marie sagte: »Vida wollte gerade gehen.«

Es gibt eine Frage, die mich seither beschäftigt, die ich immer wieder hervorkrame, wenn ich zu begreifen versuche, was damals geschehen ist: Sind wir es, die die Menschen zu dem machen, was sie sind? Sind wir selbst die Ursache für die Wirkung, die wir erzeugen? Sind wir persönlich dafür verantwortlich, wie andere mit uns umspringen? So wie eine Mutter sich immer gefallen lassen wird, dass sich ein Kind bei ihr mehr herausnimmt als bei jedem anderen? Und umgekehrt?

Es ist die eine Frage, die ich mir all die Jahre immer wieder stellte: War es tatsächlich ich gewesen, die in Marie diese Reaktionen hervorgerufen hatte? Wären wir zusammen glücklich geblieben, wäre ich nur ein kleines bisschen weniger ich selbst gewesen? Oder hätte sie jeden anderen ebenfalls auf Distanz gehalten, ihm – oder ihr – erklärt, dass sie bis zu einem gewissen Punkt bereit war, zu gehen, aber keinen Schritt weiter?

Man kann sich leicht aufreiben, in Gedankenmühlen wie dieser. An manchen Tagen fühle ich mich wie pulverisiert, wie ein zermalmtes Stück Korn, das aus den gleichen, winzigen Teilen besteht, ohne eine einzige vernünftige Form annehmen zu können.

Ich wollte mich fernhalten nach diesem Morgen in Maries Küche, wollte Abstand zwischen uns bringen, die Zeit die Wunden heilen lassen. Ich war immer so vernünftig gewesen, so zufrieden, hatte in mir geruht und für niemanden gebrannt – ich musste diese Person wiederfinden, ich konnte nicht als Ansammlung von Teilchen existieren.

Es war der Tag, an dem der Tierarzt auf die Insel kam, um einen Blick auf Schafe, Rinder, Hühner zu werfen, auf alles, was mehr als zwei Beine hatte. Wenn es um Besuche des Veterinärs ging oder um die Schur, halfen alle auf N. zusammen, die noch schneller rennen konnten als ihr Traktor. Wir trieben die Herden in die dafür vorgesehenen Einfriedungen, damit sie dem Arzt nicht so leicht entwischten. Wir arbeiteten alle gemeinsam und hatten normalerweise sogar Spaß daran – an dem Sport, den Tieren, dem Zusammenhalt. Solche Tage mündeten in ausgelassene Abende. In spontane Gelage bei einem Nachbarn oder auf der Terrasse vor unserem Laden. Ich wusste nicht, wo sie diesmal trinken wollten, mir selbst war nicht danach, also lief ich zurück, nachdem ich mit den letzten Rindern geholfen hatte. Zander musste schon vor mir aufgebrochen sein; ich sah mich nach ihm um, konnte ihn aber nirgendwo entdecken.

Marie war nicht aufgetaucht. Vermutlich deshalb beschloss ich, sie an diesem Abend zu besuchen, wenn alle anderen zu beschäftigt waren, um mich zu vermissen. Ich wollte nach Hause, den Staub von mir waschen, dann zu ihr gehen. Ich wollte ihr sagen,

dass sie recht und ich übertrieben hatte, doch im Grunde absolut glücklich war, wenn alles so bleiben konnte, wie zuvor. Ich meinte es so. Hätte ich an dem Punkt weitermachen können, an dem ich in Katleens durchnässtem Brautkleid aus dem Teich geklettert war, ich würde auf der Stelle dahin zurückkehren.

Ich erinnere mich, dass ich auf mein Zimmer ging, meine Kleidung abstreifte, mich unter die Dusche stellte und dem Wasser dabei zusah, wie es über meinen Körper rann, bevor es den Abfluss hinabgurgelte. Ich wäre ihm gern gefolgt. Hätte mir den Zustand meiner Pulverisierung zunutze gemacht, wäre wirbelnd und durcheinanderstobend in der Kanalisation verschwunden, um dann, auf der anderen Seite des Gartens, in Maries Brause wieder aufzutauchen, wo ich in seidigen Tropfen über sie hinwegglitt, jeden Zentimeter ihres Körpers entlang.

Marie.

Ich wollte mich nicht mehr an unser Gespräch erinnern. Nicht daran, wie sie mich angesehen hatte – so, als würde sie mich nicht wiedererkennen. Nicht daran, was sie sagte.

Ich will es einfach haben. Zur Abwechslung einmal nicht kompliziert. Ich will das Leben leben, das ich mir ausgesucht habe, bevor wir uns kannten.

Liebte sie ihn noch immer? Ihren verstorbenen

Mann? Davon ausgehend, dass sie ihn nicht selbst über Bord geworfen hat?

So dachte ich.

Diese Fragen stellte ich mir.

Denn es musste einen Grund dafür geben, dass sie sich nicht zu einhundert Prozent auf mich einlassen wollte; einen guten Grund, den ich ebenso gründlich aus dem Weg räumen konnte.

Sie liebte mich. Auf ihre Weise. Ich war überzeugt davon.

In diesem Augenblick unter der inzwischen kalten Dusche, fröstelnd vom Wasser oder aber vor der Angst, sie für immer verloren zu haben, konnte ich mir nichts, gar nichts vorstellen, was dringender sein könnte, als die Dinge mit Marie wieder geradezurücken. Und als ich den Hahn zudrehte, war ich felsenfest davon überzeugt, dass es noch Hoffnung gab.

Ich erinnere mich an das Gefühl, das dieser Funke Optimismus in mir auslöste. Und noch mehr erinnere ich mich an den Augenblick, in dem diese sorgsam am Leben erhaltene Flamme mit einem einzigen, unwiderruflichen Stoß erlosch.

ICH HATTE NIE BEWUSST WAHRGENOMMEN, dass ich von meinem Zimmer aus in den Wintergarten des alten Hendrik-Hauses hineinsehen konnte, weil es dort nie sonderlich viel zu sehen gab. An diesem Tag war das anders. Um so vieles anders. Und ich wünschte, ich hätte nicht hingesehen. Wie oft ich mir in meinem Leben gewünscht habe, ich wäre nicht zum Fenster geflogen wie eine eingesperrte Fliege, hätte nicht hinuntergestarrt, in der Hoffnung, einen Blick auf Marie zu erhaschen; Marie, wie sie nachdenklich auf ihre Arbeit starrte, mit den Händen Farbe auftrug, wie sie winzige Flossen an ein Kostüm nähte oder den Silikonabdruck aus der Form schälte.

Marie tat etwas mit ihren Händen. Bloß nicht das, was ich erwartet hatte. Und ich brauchte eine Sekunde länger, als gut für mich war, um zu begreifen, welches Bild sich da unten im Wintergarten vor meinen Augen entfaltete.

Mein erster Gedanke war, dass er ihr Gewalt antat, dass es unmöglich sein konnte, dass sie sich freiwillig für ihn auf diese Werkbank legte; dass sich ihr Rücken nur deshalb so verräterisch bog, weil er

keine Gegenwehr zuließ; dass die geschlossenen Augen und der aufgerissene Mund nichts mit Ekstase zu tun hatten, sondern reinen Schmerz ausdrückten. Ich hasste mich dafür, dass ich keine Erleichterung empfand, als ich feststellen musste, dass dem nicht so war.

Ich lief ins Nachbarhaus. Ich war nicht eben leise, doch die beiden hörten mich nicht, sie hörten nur ihr eigenes Stöhnen.

Und sie sahen mich nicht.

Aber ich, ich habe alles gesehen.

Er fickte sie. Zander fickte Marie. Hatte sie vor sich ausgebreitet auf der Werkbank, halb nackt, das Kleid bis über die Brust geschoben. Ich sah hin, eine Sekunde zu lang, und mir schoss ein Schmerz in die Körpermitte, so stark, dass ich mich krümmte. Ich konnte nicht mehr wegsehen, musste dort hinstarren. Sah Maries Hände. Sie hatte sich aufgebäumt und nach Zander gegriffen, als wollte sie in ihn hineinkriechen, ihn nie wieder loslassen. Die vertrauten Laute, die sie von sich gab, Zanders bulliges Keuchen, ich hielt mir die Ohren zu, doch es half nichts. Ich würde es niemals mehr nicht hören können, nie mehr etwas anderes sehen.

Eine gefühlte Ewigkeit starrte ich auf die grauenvolle Szene, auf Zanders stoßende Hüften, auf sei-

nen nach hinten geworfenen Kopf, auf Maries Beine, die sich um seine Mitte geschlungen hatten. Dann rannte ich nach draußen, um mich in Maries Vorgarten zu übergeben.

Es dauert eine Weile, bis der Verstand sich verabschiedet. Doch wenn er es tut, kommt es einem so vor, als sei es von jetzt auf gleich passiert.

Was in den nächsten Stunden geschah, ist in meiner Erinnerung nur noch schemenhaft zu erkennen. Ich rappelte mich auf und begann zu rennen. Ich rannte zu dem Gezeitenpool, in dem ich mit Marie geschwommen war. In dem wir die Fotos gemacht und uns geküsst hatten. In dem ich dachte, wenn ich nie wieder auftauchen würde, wäre ich doch an dem einzigen Ort, an dem ich je glücklich war.

Ich sprang in das kalte Wasser, schnappte erschrocken nach Luft.

Tauchte ab.

Blieb so lange unter der Oberfläche, bis ich glaubte, meine Lungen würden zerplatzen.

Dann tauchte ich auf und japste nach Sauerstoff.

Wollte ich sterben? Nein, das denke ich nicht.

Ich wollte nur, dass es aufhört.

Der Film, der sich vor meinen Augen abspielte, egal, wo ich hinsah. Er sollte aufhören. Der Schmerz sollte aufhören.

Ich fror, doch ich stieg erst aus dem Teich, als ich schon beinah blau angelaufen war.

In diesem Zustand schleppte ich mich zu Jannis.

Vida. Scheiße, was ist dir passiert?

Ich bin ins Wasser gefallen.

Auf dem Weg zu Merle und den anderen? Ich dachte, du bist längst dort, um mit denen zu feiern?

Ja. Auf dem Weg dorthin.

Ich bibberte. Ich log. Beides überzeugte Jannis.

Gott, wie du zitterst. Sicher hast du Fieber. Wir stecken dich ins Bett, okay? Okay?

Ich versteckte mich fünf Tage lang in Jannis' Bett, doch nichts war *okay*.

Ich erinnere mich nicht daran, mich auf N. jemals gefürchtet zu haben. Dabei ist es dort dunkler als anderswo, das muss es sein, weil es weniger Lichter gibt. Aber dann ist es womöglich nicht die Dunkelheit, die mir Angst macht.

Trotz Zanders Wegzug und der daraus resultierenden Unvollständigkeit unserer Familie, hatte es für mich nie einen Grund gegeben, deren Sicherheitsnetz anzuzweifeln. Mir konnte nichts passieren, so war das eben. Nicht innerhalb unserer vier Wände, außerhalb auch nicht. Die einzige Bedrohung, der wir uns stellen mussten, waren wir selbst – wenn wir als Kinder in halsbrecherischen Manövern versuchten, den Leuchtturm zu erklimmen beispielsweise. Ich weiß noch sehr genau, wie ich beim Herumturnen an dem schmiedeeisernen Geländer den Halt verloren hatte und mit dem Kinn auf den Beton darunter gekracht war. Meine Mutter dachte im ersten Moment, ich hätte mir die Schneidezähne ausgeschlagen, was glücklicherweise nicht der Fall gewesen war. Eine winzige Narbe blieb zurück, die den Schmerz, den ich damals fühlte, beinahe verhöhnt.

Marie hatte die Narbe eines Nachts entdeckt und geküsst.

Ich schob den Gedanken weit weg von mir.

Niemand sollte sich sicher fühlen, Sicherheit war eine Illusion.

Es gab keine Kriminalität auf N. Zu wenig Einwohner, alle kannten sich, und für Eindringlinge gab es leichtere Ziele. Was hätte ein Krimineller bei uns gewollt? Ein Haus ausrauben, das womöglich nicht einmal abgeschlossen sein würde? In dem das Wertvollste ein sieben Jahre alter Fernseher war? Wenn der Dieb Glück hatte – und nur dann –, ein Computer?

Nein, es gab nichts zu holen auf N., nichts zu finden, erst recht nichts, was anderswo nicht einfacher zu haben war.

Es geschahen keine Verbrechen.

Es wurden keine Morde verübt.

Tatsächlich gehörten N. und der restliche Norden zum sichersten Teil des Landes, wenn es um Kriminalitätsstatistik ging.

Doch mit einem Mal plagten eine ihrer Bewohnerinnen, fröstelnd in Jannis' Bett, die krudesten, wirrsten Gedanken.

Ich fragte mich: Wie wird man überhaupt zur Mörderin? Reicht bereits die Idee dafür aus? Ist es so, wie mit dem Fremdgehen: Allein es sich vorzu-

stellen, ist Betrug, selbst wenn man den letzten, den eigentlichen Schritt noch gar nicht gegangen ist?

Nach dem, was sich auf Maries Werkbank abgespielt hatte, verspürte ich ein seltsam kaltes Gefühl der Klarheit, trotz oder womöglich wegen des Fiebers. Ich dachte: Das war es also. Mein Bruder trieb es mit der Frau, die ich liebte, keiner von beiden gab nur einen Cent darauf, wie ich mich fühlte. Dieses brennende Gefühl in mir drin, dieses Feuer, das Marie entfacht hatte, es geriet außer Kontrolle; schlug zu Zander über, entzündete alles, bis von Liebe nichts mehr übrig war.

Von einer Minute zur nächsten hasste ich meinen Bruder. Am liebsten hätte ich ihn umgebracht.

Ich rollte mich in Jannis' Bett zusammen, ließ den Eltern ausrichten, dass ich mich nach einem Sturz ins Wasser erkältet hatte, stellte mich schlafend, als meine Mutter vorbeikam, um nach mir zu sehen, stellte mir vor, wie es wäre, Zander zu töten.

Wie würde ich es tun?

Würde ich ihn anspringen, wenn er mir das nächste Mal ins Gesicht lachte, auf diese selbstsichere, widerliche Art, die er so perfekt beherrschte? Würde ich ihn anspringen, ihn zu Boden stürzen, ihn würgen, bis er keinen Laut mehr von sich gab? Würde ich mich nachts in sein Zimmer schleichen, ihm das Kissen aufs Gesicht drücken, mich auf ihn setzen, wenn er strampelte und zuckte, immer fester zupacken, bis er keinen Laut und keine Regung mehr von sich gab? Würde ich mir ein Messer aus der Küche besorgen, das große, mit dem mein Vater Fleisch zerhackte, würde ich meinem Bruder damit in die Brust stechen, genau dorthin, wo er mich getroffen hatte, als er seinen Schwanz in Marie stieß, wieder und wieder?

Vielleicht war es tatsächlich das Fieber, das mich einfach nicht losließ.

Vielleicht aber auch nicht.

Einige Male dachte ich an Marie. Ich fragte mich, warum sie es getan hatte. Warum sie sich auf meinen Bruder eingelassen hatte, warum sie sich für ihn auf diese Werkbank legen musste, warum? War es Trotz gewesen, weil ich sie verärgert hatte? Wollte sie, dass ich sie dabei sah, hatte sie sich deshalb auf ihren Arbeitstisch im Wintergarten drapiert, dorthin, wo ich sie sicher entdecken würde? Hatte sie es wegen mir getan? Hatte sie meinen Bruder für ihre Zwecke missbraucht, um mir wehzutun? Ging es ihr um mich? Hatte sie Zander benutzt, so wie er jeden benutzte, mit dem er es zu tun bekam?

Und nahm sie deshalb keinen Kontakt zu mir auf? Versuchte nicht einmal, sich an mein Krankenbett zu setzen? Weil sie mich bestrafen wollte?

Sie besuchte mich nicht. Und, soweit ich weiß, fragte sie auch nicht nach mir.

Am sechsten Tag nach meinem Zusammenbruch ließ sich Jannis nicht länger davon überzeugen, dass ich im Bett bleiben sollte. Das Fieberthermometer zeigte keinerlei besorgniserregende Ergebnisse, ich hatte keinen Schüttelfrost mehr, mir fehlte nichts, und an Appetitlosigkeit allein war noch niemand gestorben.

Jannis fand, ich solle allmählich aufstehen, bevor er sich ernsthaft Sorgen machte. Und obwohl ich nichts dagegen hatte, dass sich jemand um mich

sorgte, obwohl ich nicht einmal etwas dagegen hatte, wenn ich starb, wollte ich es doch lieber nicht in diesem Haus tun. Also raffte ich mich auf und setzte mich zu Katleen an den Tisch mit der abwaschbaren Decke und den Tellern voller Hering und aß davon, soviel ich konnte, ohne mich übergeben zu müssen.

Die Hochzeit rücke ja nun näher, sagte Katleen, es sei immerhin bereits April.

Wann Vida ihre Sachen auf den Hof bringen wolle? Noch vor oder erst nach der Heirat? Ob es viele waren? Ob sie Möbel umzuziehen gedachte?

Ob Jannis ihr erzählt habe, dass sie das obere Stockwerk des Hauses für sich haben würden? Das Bad sollte neu gemacht und eine Küche eingebaut werden. Sie, Katleen, würde dann nur noch die Räume im Erdgeschoss nutzen.

»Das hattest du dir gewünscht, oder?«, fragte Jannis, und er klang ungewöhnlich sanft; so sanft, dass mir der Fisch hochkam. »Dass wir einen abgeschlossenen Bereich im Haus haben?«

»Ja. Entschuldigt bitte.«

Die von Katleen diagnostizierte Magenverstimmung dauerte weitere vier Tage, dann wagte ich mich das erste Mal wieder in mein Elternhaus.

Zander empfing mich mit einer beherzten Umarmung und einer dummen Bemerkung über mein fahles Gesicht. Er sagte: »Noch ein bisschen weni-

ger, und du bestehst nur noch aus Augen und Kinn, wie eine Eule.« Ich brauchte all meine Willenskraft, um ihn nicht von mir wegzustoßen. Im wörtlichen Sinn. Meine Mutter beschwerte sich darüber, dass Katleen sich bereits jetzt so aufführte, als sei *sie* meine Mutter. Als sei ihre Hühnersuppe die einzig Heil bringende als habe sie das Rezept von Paul Bocuse persönlich geerbt.

Wer ist Paul Bocuse, hatte mein Vater gefragt, während *ich* mich fragte, wieso eigentlich auf einmal alle so furchtbar ahnungslos waren, wieso?

Der Blick aus dem Küchenfenster war nicht mehr derselbe. Es dauerte keine zwei Stunden, die ich dort hinausstarrte, bevor ich dazu überging, den Teig am anderen Ende der Küche zu kneten.

Es dauerte nicht einmal zehn Minuten, bis ich die Entscheidung rückgängig machte.

Ich musste mit Marie sprechen. Ich wusste nur nicht, wie ich mit dem umgehen würde, was mich dort erwartete. Die Hoffnung, dass ihr etwas an mir lag, war mit jedem Tag, den wir uns nicht gesehen hatten, gesunken.

Entweder wollte sie mich wirklich bestrafen, oder ich war ihr mit einem Mal egal.

Und wieso kümmerte mich das überhaupt?

Ich wollte diese Gefühle so gern abstellen, ich wünschte, ich hätte nie welche gehabt. Ich wünschte,

ich hätte Marie nie kennengelernt, denn dann müsste ich jetzt nicht auf sie verzichten. Ein Leben ohne einen anderen zu führen ist einfacher, wenn man denjenigen nie gekannt hat.

Ich wurde verrückt, ich spürte es deutlich.

An diesem Nachmittag Mitte April ahnte ich nur noch nicht, wie sehr.

Um kurz nach fünf klopfte ich an ihre Tür.

Marie sah unverändert aus, wie die Meerjungfrau, die ich in Erinnerung hatte. Während ich mich einmal aus meiner Haut geschält und mich in mein Negativ verwandelt hatte.

Sie sagte, sie habe gehört, ich sei erkältet gewesen. Dass sie hoffe, es ginge mir besser.

»Von wem hast du das gehört? Von Zander?«

»Ja.«

»Bevor oder nachdem ihr es auf deiner Werkbank getrieben habt?«

Ich konnte deutlich spüren, wie ich rot wurde, vor Wut und Scham gleichermaßen. Ich würde nicht behaupten, dass ich geübt darin war, in dieser Sprache zu denken, geschweige denn, mit jemandem zu sprechen, doch immer, wenn ich die Augen schloss, sah ich Marie und Zander und was sie miteinander anstellten, und mein Hirn spuckte nichts als Vulgaritäten aus.

»Es tut mir leid, dass du das gesehen hast, Vida.«

Sie wirkte kein bisschen überrascht.

»Du *wusstest*, dass ich euch gesehen habe? Du wusstest es, und hast weitergemacht?«

Sie erwiderte nichts. Und sie wich meinem Blick nicht aus. Was auch immer Marie je für mich gefühlt haben mochte, es ließ sich nirgendwo mehr finden.

Ich fragte sie: »Was, wenn ich nicht ins Wasser gefallen bin? Sondern gesprungen? Was, wenn ich nicht mehr auftauchen wollte?«

»Das würdest du nicht tun. Dazu bist du zu stark. Vida, das bedeutet Leben, erinnerst du dich?«

Es gab nichts, an das ich mich nicht erinnerte. Keine Minute mit Marie, keine Sekunde. Ich hatte nicht den leisesten Schimmer, wie sehr es schmerzen konnte, jemanden zu lieben. Und das, obwohl mein Bruder in seinem Leben doch nichts anderes getan hatte, als mich zu verlassen.

Eine ganze Zeit lang konnte ich ihm nicht in die Augen sehen, ihnen beiden nicht. Wenn ich mitbekam, dass Marie zum Essen erwartet wurde, entschuldigte ich mich und floh zu Jannis und Katleen. Je näher ich Jannis war, desto mehr wurde mir bewusst, wie weit ich mich von ihm entfernt hatte. Und doch widmete ich mich den Hochzeitsvorbereitungen, stürzte mich geradezu hinein. Ich wollte wirklich, wirklich damit zu leben lernen, dass Marie

mich nicht liebte. Ich wollte es so dringend, wie ich zuvor nur sie gewollt hatte, aber ich bekam es nicht hin.

Die Insel war klein, so klein.

Mein Schmerz so riesig, er schluckte sie mit einem Atemzug.

Ich half meiner Mutter im Laden, als Zander verkündete, er habe das Boot fertig, *Shir Kahn* sei wieder seetüchtig und zu allem bereit.

»Ich bin nicht sicher, ob ich das gut finden soll oder nicht«, sagte meine Mutter, Zander lachte, und ich biss die Zähne zusammen.

»Was ist, Vida? Lust auf eine kleine Spritztour?«

»Willst du das nicht lieber Marie fragen? Sie wird sicher enttäuscht sein, wenn du den ersten Ausflug mit deiner Schwester machst anstatt mit deiner Freundin.«

Ich sah nicht hin, als Zander unsere Mutter umarmte, dafür war ich zu versteinert, doch ich konnte hören, dass er sie küsste, er tat es mit einem lauten Schmatz. »Erstens würde ich nicht so weit gehen, Marie meine Freundin zu nennen. Jedenfalls im Moment noch nicht. Und zweitens – sie setzt sicherlich keinen Fuß auf ein Segelboot, bestimmt hat sie viel zu viel Angst davor. Ihr Mann ist bei einem Törn ums Leben gekommen.«

Ich riss die obere Reihe Tomatenkonserven mit mir, als meine Knie einknickten und ich gegen das Regal stolperte. Es schien mir unmöglich, mich auf den Beinen zu halten. Aber ich weiß noch, dass ich,

wie in einer Nahtoderfahrung, voller Verachtung auf mich selbst herab sah; auf die Frau, die ich einmal gewesen war, stark, pragmatisch, geradeheraus, die sich nun an ein Regal klammerte, weil ihr Bruder *noch nicht* gesagt hatte, und ihre verflossene Liebe ihm bereitwillig Dinge erzählte, die sie mit ihr, Vida, abgelegte und für ungenügend befundene Ex-Liebhaberin, nie freiwillig hatte teilen wollen.

Ach, du liebes bisschen. Das wusste ich nicht. Vida, hast du das gewusst? Dass er auf dem Meer gestorben ist?

Sprich sie nicht darauf an, wenn sie zum Essen kommt. Sie redet nicht gern darüber.

Aber wie ist denn das passiert?

Das weiß keiner so genau. Er ist von Bord gegangen, dann hat man Marie beschuldigt, ihn gestoßen zu haben.

Um Himmels willen!

Was sie selbstverständlich nicht getan hat! Aber das Ganze hat sie sehr mitgenommen. Ich glaube, sie hat eine ziemlich düstere Zeit hinter sich.

Wie viel Macht der Schmerz über uns hat. Er bringt uns dazu, uns nur noch auf diesen einen Punkt zu konzentrieren, nichts anderes mehr zu fühlen, und wenn doch, dann ist es eingehüllt von seinem Schwarz. Er dezimiert uns. Er macht uns zu dem, was wir nie sein wollten.

All die Erinnerungen an Marie, die satten Farben, die fröhlichen Töne, das Gefühl, aus nichts anderem zu bestehen als aus dieser bunt gefärbten Musik. Es ist ungerecht, wie leicht es dem Schmerz gelingt, seine undurchdringliche Konsistenz über alles zu kippen, wie zähflüssige, gefräßige Lava, wie Teer.

Ich liege darunter begraben.

Marie und ich liegen unter einer dunklen, undurchlässigen Decke begraben.

Ich hatte das nicht geplant. Zumindest nicht gleich. Ich hatte eine Weile darüber nachgedacht, und es mir vorgestellt, doch ich war nicht bereit, es tatsächlich zu tun. Das redete ich mir zumindest ein. Ich war niemand, der zu etwas derart Abgebrühtem fähig war. Oder war ich es? Wer war ich in diesen Tagen?

Ich war nicht mehr ich selbst. So viel kann ich sagen. Ich bestand aus einer Hülle, deren Inneres ich in Sicherheit gebracht hatte – vor Marie, vor Zander, vor meiner Mutter. Wohin? Ich meine, wohin hatte ich mein Innerstes gebracht? Das weiß ich leider nicht. Ich erinnere mich nicht mehr.

Ich habe es bis heute nicht wiedergefunden.

VIERTER TEIL

DIE VIDA VON IRGENDWANN gab es nicht mehr. Stattdessen gab es die leere Hülle. Eine leblose Kopie ihrer selbst, doch die funktionierte.

Mittlerweile saß sie sogar mit am Tisch. Die Hülle, die Kopie, neben Jannis, gegenüber von Zander, schräg gegenüber von Marie. Vidas leblose Hülle erwiderte deren Blicke, die ihr gleichsam entschuldigend wie provozierend vorkamen, mitleidig und ausweichend. Vida hätten diese Blicke rasend gemacht. Der entseelte Klon, den sie nun abgab, nahm sie hin mit stoischer Contenance, die vermutlich als Warnung hätte aufgefasst werden müssen.

Doch das wurde sie nicht.

Nichts von dem, was dann passierte, war also geplant, und doch geschah es genau so, es begann an diesem Esstisch.

Jannis fragte Zander nach dem Boot, und er sagte ihm, es sei fertig, startklar, habe nie besser ausgesehen, er könne es kaum erwarten, damit in See zu stechen.

In Gedanken sah Vida ihren Bruder von Bord stürzen. Sah zu, wie er mit den Armen ruderte, hörte, wie er rief, während sich die *Shir Kahn* von

ihm entfernte, unerreichbar von dannen segelte, weiter und weiter.

»Ich wünschte«, sagte Vidas Bruder, weil er egoistisch war und dumm, »ich könnte diese erste Fahrt mit Marie unternehmen.«

Vida sah zu, wie Marie zu Eis gefror; sie erstarrte, doch weil sie lächelte, so täuschend schön, war ihr Aggregatszustand den übrigen Tischgästen verborgen geblieben.

»Klar, Marie, das wäre doch toll, oder?« Jannis. Der arme, ahnungslose Jannis. »Warum fahren wir nicht alle? Marie, du, Vida und ich?«

In Gedanken stellte Vida sich vor, wie ihr Bruder von Bord stürzte. Wie Jannis fluchte, dann den Rettungsring auswarf, Zander damit zurück an Deck zog mit seinen bulligen Schafzüchterarmen.

»Nein«, sagte Vida, doch niemand reagierte auf sie, bis auf Marie, die ihr einmal mehr einen Blick zuwarf, den Vida ignorierte.

Es war einer dieser schmerzlich schönen Tage, als die *Shir Kahn* nach ihrer Restaurierung erstmals wieder in See stach. Der weiße Lack glomm unter den Strahlen der Sonne, die Segel knarzten im Wind. Sie waren zu dritt hinausgefahren; Vida, Zander, eine Marie, die vermutlich nur Zander zuliebe nachgegeben hatte. Jannis war nicht erschienen, er hatte den Zeitpunkt verpasst. Vida hatte dafür gesorgt.

Doch das wusste an Bord niemand. Niemand, außer ihr.

Sie fuhren nach Süden, ohne ein bestimmtes Ziel. Die nächste Insel lag mehr als zweiunddreißig Seemeilen entfernt, viele Stunden also, sie würden es nicht hin- und wieder zurückschaffen an einem Tag.

Aber darum ging es auch nicht, sie wollten nicht irgendwo hinkommen.

Es ging darum, das Boot auszufahren, den Wind in den Haaren zu spüren, dem Gefühl nachzujagen, das Freiheit am nächsten kam.

Vida stellte sich vor, wie Zander über Bord ging, und sie sich so schnell von ihm entfernten, dass sie nicht einmal mehr sahen, wie er auftauchte.

Würde Marie sofort auffallen, dass er weg war? Würde sie es überhaupt bemerken?

Auf all den Bildern, die Vida sich von diesem Segelausflug gemacht hatte, war Maries Reaktion gar nicht vorgekommen. Sie hatte sich nicht einmal ausgemalt, was Marie tun würde, wenn Zander über Bord ging. Würde sie schreien? Hinterherspringen? Würde sie Vida verzeihen, was sie getan hatte, aus Liebe zu ihr? Wollte sie, dass ihr verziehen wurde? Oder wollte sie Marie bestrafen, ihr so wehtun, wie sie ihr wehgetan hatte?

Vida lehnte seitlich gegen die Reling und mied Maries Blick.

Sie würden nicht weit kommen in dieser Nussschale. Dieses Boot war schon immer zu klein gewesen für das weite, wilde Wasser, das sie umgab. Sie saßen zu eng. Dafür, dass Vida bis vor wenigen Wochen nichts lieber wollte, als Marie nah zu sein, konnte sie diese Nähe nun kaum mehr ertragen.

Sie hoffte darauf, dass Zander tun würde, was er immer tat: Aufschneiden, sich profilieren, sich so weit hinauslehnen, dass es diesmal ein Stück zu weit war. Im wörtlichen Sinn.

Und er kam ihrem Wunsch nur allzu gern nach. Was auch immer das für ein Manöver war – Vida kannte die Fachbegriffe nicht –, er hing in den Seilen, grinste dabei, lehnte sich gegen den Wind, schon halb mit den Haarspitzen im Wasser.

Sie musste sich nur ein kleines Stückchen nach vorn beugen.

Den Arm ausstrecken, ihn an der Schulter erwischen.

Er würde nichts vermuten, sich nichts dabei denken.

Er würde es für einen Spaß halten, erst im letzten Augenblick mitbekommen, wie ernst es Vida war.

Er würde sie unterschätzen, das hatte er immer getan.

Hatte er sie auch nur einmal in ihrem gemeinsamen Leben ernst genommen? Ihre Bedürfnisse vor

seine gestellt? Sie an die erste Stelle gerückt, so wie er es jetzt mit Marie tat?

Vidas Blick huschte zu ihr; ihrer lag auf Zander. Wie sie ihn ansah, wenn sie dachte, Vida bekam es nicht mit. Wie sie einander ansahen.

Sie waren inzwischen ein gutes Stück von der Küste entfernt, aber noch nicht weit genug.

Vida sah ihren Bruder über Bord gehen und dann in kräftigen Zügen zurück nach N. schwimmen. Sie sah, wie er sich dort – erschöpft und halb tot, aber eben nur halb – an Land hievte, wie Marie ihm entgegenlief, wie sie die Arme ausbreitete, Zander damit umschloss, wie sie beide, vor Erleichterung schluchzend, zu Boden sanken.

Wie war es nur so weit gekommen?

Wie war der Mensch, für den Vida das erste Mal in ihrem Leben so stark empfunden hatte wie noch nie zuvor für jemand anderen, wie war dieser Mensch mit einem Mal zu jemandem geworden, den sie verachtete? Den sie aus tiefstem Herzen verwünschte, für das, was er getan hatte, und im gleichen Maße nicht aufhören konnte, zu lieben?

Es tat weh, Marie anzusehen.

Und es war unerträglich, sich Zander zuzuwenden.

Von jetzt auf gleich fiel Vida alles wieder ein: Was er ihr genommen hatte. Was er ihr jetzt nahm. Er

hatte als Kind damit angefangen, von Vida zu nehmen, und er hörte als Erwachsener nicht damit auf.

All die Entscheidungen, die sie in den vergangenen zwanzig Jahren getroffen hatte, waren das wirklich ihre gewesen? Oder hatte sie nur die Brotkrumen aufgesammelt, die ihr Bruder auf seinen Wegen kreuz und quer durch sein abenteuerliches Dasein für sie hinterlassen hatte; achtlos hingeworfen, damit sie sie aufsammelte?

Und mit einem Mal hasste sie ihn auch dafür, dass er Marie ihr vorzog. Dass er ihr niemals so viel Aufmerksamkeit geschenkt hatte wie seinen vielen Mädchen, dann den Frauen.

Nie war sie so wichtig gewesen wie irgendeine dahergelaufene Fremde.

Sie hasste ihn so sehr.

Dafür, dass er sie nicht liebte.

Dafür, dass sie den Schatten seines Lebens lebte.

Dafür, dass er nun dabei war, ihr das Einzige zu stehlen, das jemals ihr gehört hatte, ihr allein.

Und dann passierte es.

Zander selbst läutete den Untergang ein.

Es war seine Schuld.

An allem war immer nur er schuld gewesen.

»Was machst du für ein Gesicht, Vida? Du siehst aus, als hättest du schlechten Fisch gegessen. Sieh

dich doch mal um. Das Meer, die Weite, die Luft – all das gehört uns. Das Leben ist schön, Vida. Und es wird von Tag zu Tag schöner.«

Er rief es über den Wind. Sie mussten lauter sprechen, um sich hier draußen zu verständigen, aber es war lange kein Brüllen. Er klang fröhlich. Zander hörte sich an, als erlebte er den besten Tag seit Langem.

Und er sah Marie an, während er mit Vida sprach. Er zwinkerte ihr zu.

Vida war ihm egal.

Er sah Marie an, während er sprach, weil es immer schon Wichtigeres gegeben hatte, weil ihm immer schon alles andere wichtiger gewesen war als seine Schwester.

»Pass auf, Marie. Du siehst einmal in die andere Richtung, und schon ist er weg.« Vida klang nicht nur bitter, sie klang ekelhaft. Sie klang, als hätte sie diese Frau nie geliebt, nie etwas anderes für sie empfunden als Abscheu. Dabei wollte sie gar nicht Marie treffen, sondern ihn. Ihr wollte sie lediglich klar machen, dass sie mit Vida besser dran war. Dass Vida die weitaus vernünftigere Wahl gewesen wäre für alle Beteiligten.

»Ach, Vida.« Zander lachte. Selbstverständlich lachte er, er hatte nie etwas anderes getan, als sie nicht ernst zu nehmen, als über sie zu lachen.

»Na, aber so ist es doch«, rief Vida jetzt, laut und

starrsinnig über das Schlagen des Windes hinweg. »Du hast uns damals verlassen, ohne mehr als eine Sekunde darüber nachzudenken. Jedes Mal hast du uns verlassen, ohne mit der Wimper zu zucken. Marie soll nicht denken, dass es mit ihr anders sein wird. Besser, sie weiß gleich Bescheid, ist es nicht so?«

»Vida ...« Maries Tonfall war sanft. So sanft, dass Vida sich erschrocken zu ihr umsah. Und dann, stärker denn je, den Drang verspürte, ihrem Bruder einen Stoß zu versetzen.

»Hey! Pass doch auf! Du hättest mich beinah über die Reling geschubst!«

»Ach, wirklich?«

»Lieber Himmel, was ist heute los mit dir? Wenn ich gewusst hätte, welche Laune du aufs Boot schleppst, hätte ich dich zu Hause gelassen.«

»Sicher hättest du das. So wie du ja schon immer darüber bestimmt hast, was ich tue und wo ich hingehe. Du gehst fort – Vida bleibt zu Hause bei den Eltern. Du kehrst zurück – Vida kann ja bei den Nickels auf dem Hof wohnen.«

»Wie bitte?« Lachen, laut und zynisch. »Du wirst Jannis heiraten! Hattest du vor, nach der Hochzeit weiter bei Mama und Papa zu bleiben?«

»Ich hatte vor, den Laden zu übernehmen, wie du sehr wohl weißt. Weil ich mich gekümmert habe um *Mama und Papa.* Denn das ist das, was man tut,

nachdem einem die Verantwortung für all das aufgezwungen wurde. Man übernimmt sie.«

»Na, das ist doch toll! Wenn dir die Verantwortung für unsere Eltern, den Laden, das Haus, wenn dir all das so zuwider ist, dann sei doch froh, dass ich wieder da bin. Dass du dich um nichts mehr kümmern musst. Ich mach das von nun an. Werde glücklich mit Jannis, lebe dein Leben, tu das, was du immer schon tun wolltest, bevor dein Bruder dich ans Haus gefesselt hat. So empfindest du es doch, oder? Tja, tut mir leid, Vida. Ich kann nicht rückgängig machen, was bisher passiert ist, aber ich kann jetzt übernehmen. Das müsste dich doch freuen. Ich übernehme jetzt.«

Und dann zwinkerte er noch einmal, als wäre das Ganze ein Witz. Als wäre das, was Vida empfand, ein Witz für ihn.

Ungeniert zwinkerte er Marie zu und machte sie so zur Komplizin.

Tränen schossen in Vidas Augen, schneller, als die *Shir Kahn* durchs Wasser glitt. Zander hielt das Ruder in der Hand, hier auf dem Boot wie im übertragenen Sinn, immer hielt er das Ruder in der Hand. Und Vida hatte keine andere Wahl. Sie konnte nichts weiter tun, als endlich selbst die Initiative zu ergreifen, als endlich in ihrem Sinne zu handeln.

Sie sprang auf. Flog mit erhobenen Händen auf ihren Bruder zu.

Marie reagierte schneller als er, sie schob sich dazwischen. »Mein Gott, Vida, was tust du denn?«

»Wolltest du allen Ernstes auf mich losgehen?«

Ja. Nein. Vida fühlte sich, als sei das Fieber wieder da, als stünde sie in Flammen.

Sie sah Marie in die Augen, flehte stumm. Fand schließlich ihre Stimme wieder. »Sag es ihm! Sag ihm, dass das, was er glaubt, in dir gefunden zu haben, nicht der Realität entspricht. Sag ihm, dass man dich nicht festketten, nicht einsperren kann. Sag ihm, dass man dich nur halten kann, wenn man dich loslässt, wenn man nicht an dir klammert. Sag es ihm! Sag ihm auch gleich, dass du mich zuerst gefickt hast. Sag es ihm.«

Der Wind war so stark, er versuchte, Vida die Worte zu entreißen, doch leider gelang es ihm nicht. Sie kamen dort an, wo sie hinsollten, und sie verfehlten ihre Wirkung nicht.

Vielleicht erschrak Vida vor ihren eigenen Worten.

Vielleicht hatte sie sich schon zu weit von sich selbst entfernt.

Zander blickte entgeistert auf seine Schwester, dann zu Marie, schließlich bemühte er sich vergebens, das Steuerrad festzustellen – auch er hatte gegen die mächtigen Windböen zu kämpfen. Nach einigen lautstarken Sekunden des Schweigens fragte er: »Was ist hier eigentlich los? Ihr zwei habt – *was*?«

»Ich war zuerst mit ihr zusammen. Du kannst mir Marie nicht auch noch wegnehmen.«

»Was soll das nun wieder heißen? Gott, Vida! Du bist tatsächlich verrückt geworden, oder?«

Diesmal gelang es Vida, ihren Bruder nach hinten zu schubsen. Er stolperte rücklings, das Boot schwankte ohne seinen Steuermann. Vida folgte der Bewegung ihres Bruders, und Marie, die mittlerweile offenbar fürchtete, Vida würde Zander tatsächlich über Bord stoßen wollen, warf sich einmal mehr dazwischen.

Vida, hör auf! Hör auf!

Was soll das?

Ich kann nicht mehr. Ich hasse dich.

Mehr Worte tosten durcheinander, umkreisten die drei wie die Säule eines Wirbelsturms.

Immer du, nur du.

Lächerlich. Sei vernünftig.

Sag mir nicht, was ich tun soll.

Verstand verloren.

Es tut mir leid. Es war nicht geplant.

Stopp. Stopp. STOPP.

Verzeih. Verzeih.

Und wie im Inneren des Sturms wurde es auf einmal sehr, sehr still.

Vidas Hände krallten sich in Zanders Arme. Das Boot ruckte und schwankte. Vida starrte auf Marie.

Marie erwiderte den Blick, ruhig und stark. Sie sagte: »Zander ist wie ich. Wir passen zueinander. Glaub mir, es ist besser so.«

Vida starrte. Vom Donner gerührt.

Maries Stimme mit einem Mal sanft. *Vida, meine Vida. Kleine Seelöwin. Wir werden immer …*

Nein, war alles, was Vida denken konnte. Kein Mitleid. Nicht von Marie.

Sie machte einen Schritt auf sie zu.

Wollte sie sie stoßen? Nein. Nein, bestimmt nicht, bestimmt nicht.

Das Boot nahm die Welle.

Schwanken. Stolpern.

Im einen Augenblick war da Marie.

Im nächsten Moment war sie weg.

Verdammt, Vida, Scheiße, nein!

Zander. Schreit. Handelt. Zerrt. Rettungsring.

Vida. Erstarrt. Läuft hinterher.

Marie!

Warte. Hier. Nimm den Ring, Marie! Mach schon! Verdammt, Vida.

Marie erreicht den Rettungsring.

Zander zieht.

Vida hilft.

Scheiße, komm schon, Marie. Gleich hast du's. Komm schon.

Marie hält den Ring. Aber dann … aber dann …

Ihr Blick trifft den von Vida.
Hohe Welle, sehr, sehr hoch.
Der Rettungsring tanzt auf dem Wasser.
Auf und ab.
Marie taucht unter, taucht auf, taucht unter.
Taucht …
Marie?
Marie!
MARIE!

Zander über Bord.
Schaum begräbt ihn, wischt ihn fort.
Vida schreit.
Das Meer, es kämpft.
Zander keucht.
Taucht unter, taucht auf, taucht unter.
Taucht auf.
Vida starrt.
Mit einem Mal. Alles ganz still.
Die Welt bleibt stehen.

Marie.

Nicht zu retten.

FÜNFTER TEIL

Ich stehe am Rand der Marina, dort, wo nur mehr Blau vor mir liegt. Jachten und Palmen wiegen sich in meinem Rücken, die Sonne brennt auf meiner Haut. So fremd. Nach all den Jahren noch. Ich starre auf die Wasseroberfläche, auf das Bild von mir, das sich darin spiegelt, deformiert vom leichten Wellengang. Als würde jemand an mir zerren, mich hierhin und dorthin ziehen, weg, nach unten. Lange Zeit, bevor ich ins Wasser ging, um wiedergutzumachen, was ich angerichtet hatte, hat mir die Tiefe Angst gemacht. Nun ist sie alles, was ich sehe, wenn ich die Augen schließe.

Bleiche Haut, fast durchsichtig unter der Oberfläche, umrahmt von bodenloser Weite. Haare, ausgebreitet wie ein feinmaschiges Netz. Ich muss nur die Hand heben, sie durch die Finger gleiten lassen, der Berührung nachspüren, zart wie ein Federstrich. Ich weiß genau, wie sich das anfühlt. Mein gesamter Körper vibriert allein beim Gedanken daran.

Ich habe es weit gebracht, zumindest in Seemeilen bemessen, an die sechshundertfünfzig sind es jetzt, zwölfhundert Kilometer nach Süden. Das Licht hier ist anders. Es durchdringt jeden Stein und jede Pore,

zittert über die Oberfläche des Mittelmeers, bringt sie zum Schwingen. Zartere Töne als bei uns im Norden, pianissimo, leggiero, als würde man den Rand eines Glases streicheln, diese Farbe. Sanft und zerbrechlich. Kaum wahrzunehmen für meine Ohren. Es ist, als trüge ich das Tosen der Nordmeere in mir, es dröhnt und rauscht, wo immer ich hingehe. Es ist alles, was ich höre, wenn ich die Augen schließe.

Es ist das eine, sich nicht erinnern zu wollen. Und etwas völlig anderes, nicht vergessen zu können.

Ich träume nicht mehr jede Nacht von ihr. Denke nicht länger jede wache Stunde daran, was damals geschah.

Es geht mir gut. Besser, als ich es verdiene. Das Ende, es kann auch etwas Reinigendes haben – wie wenn das Meer über Sand wischt und alles auf einmal wieder möglich scheint. Es heißt, es sei unverzichtbar, sich selbst zu verzeihen, doch ich bin nicht sicher, ob ich diese Meinung teile. Mit manchen Dingen sollte man leben. Man sollte nicht vergessen, wer man vorher war, wie man daraus hervorgegangen ist.

Ich könnte jederzeit nach Hause, meine Eltern fragen oft danach. Doch ich glaube nicht, dass ich jemals wieder einen Fuß auf die Insel setzen werde.

Zum ersten Mal in meinem Leben fühle ich mich frei. Es ist das Wichtigste, das Marie mir hinterlassen hat, und ich werde es in Ehren halten. Es ist das Mindeste, das ich tun kann.

Jannis hat geheiratet, soweit ich weiß. Die Enkelin vom alten Fietje. Ich hatte nicht geahnt, dass die zwei einander mochten.

Wie ich gehört habe, tut sich mein Bruder ähnlich schwer mit Besuchen wie ich, doch er überwindet sich dann und wann, an Feiertagen und runden Geburtstagen. Ich habe nicht mehr mit ihm gesprochen, doch ich habe ihm verziehen. Für all die verlorenen Jahre. Für all die Jahre, in denen wir es nicht besser wussten. Es war das Mindeste, das ich für mich selbst tun konnte.

Manchmal, wenn ich nachts herkomme, weil an Schlaf ohnehin nicht zu denken ist, halte ich Ausschau. Ein paarmal, bilde ich mir ein, sah ich eine glitzernde Flosse zwischen Schaumkronen hervorblitzen. Ein andermal verschwand ein Hauch von Silber hinter einem Felsen am Strand.

Marie ist nie wieder aufgetaucht, doch ich höre nicht auf, darauf zu warten.

DANK

Dieser Roman wurde gefördert durch das Arbeitsstipendium für Autor*innen der Landeshauptstadt München, wofür ich nicht nur dankbar bin – ich bin auch sehr stolz auf diese Anerkennung und immens glücklich darüber. Weiterer Dank gilt meiner Agentin Anoukh Foerg, deren Begeisterung für diese Geschichte nicht größer hätte sein können, sowie meiner Lektorin Julia Fronhöfer und dem dtv, die ihr eine wunderschöne Verlagsheimat gaben (eine bessere hätte ich mir nicht wünschen können; ich danke dir so sehr, Julia!).

Lieber blö, ohne dich wäre keins meiner Bücher erschienen, dieses auch nicht. Ich danke dir für deine unerschöpfliche Unterstützung, und dem Universum, dass ich dich habe.